미륵상회 박복자

스토리
인시리즈

소소하지만 열정적인 당신의 일상을 공감과 위안, 힐링을 담아 응원합니다.
어떤 말들보다 큰 힘이 되어주고 당신만의 이야기를 마음껏 펼칠 수 있도록,
당신의 스토리와 함께합니다.

미륵상회 박복자

엇갈린 운명이 만든 어떤 울타리 이야기

초판 1쇄 발행 2023년 12월 20일

지은이. 유별님
펴낸이. 김태영
표지삽화. 유별님

씽크스마트 책 짓는 집
경기도 고양시 덕양구 청초로66
덕은리버워크 지식산업센터 B-1403호
전화. 02-323-5609

홈페이지. www.tsbook.co.kr
블로그. blog.naver.com/ts0651
페이스북. @official.thinksmart
인스타그램. @thinksmart.official
이메일. thinksmart@kakao.com

ISBN 978-89-6529-389-7 (03810)
© 2023 유별님

•씽크스마트 - 더 큰 생각으로 통하는 길
'더 큰 생각으로 통하는 길' 위에서 삶의 지혜를 모아 '인문교양, 자기계발, 자녀교
육, 어린이 교양·학습, 정치사회, 취미생활' 등 다양한 분야의 도서를 출간합니다.
바람직한 교육관을 세우고 나다움의 힘을 기르며, 세상에서 소외된 부분을 바라봅
니다. 첫 원고부터 책의 완성까지 늘 시대를 읽는 기획으로 책을 만들어, 넓고 깊
은 생각으로 세상을 살아갈 수 있는 힘을 드리고자 합니다.

•도서출판 큐 - 더 쓸모 있는 책을 만나다
도서출판 큐는 울퉁불퉁한 현실에서 만나는 다양한 질문과 고민에 답하고자 만든 실
용교양 임프린트입니다. 새로운 작가와 독자를 개척하며, 변화하는 세상 속에서 책
의 쓸모를 키워갑니다. 흥겹게 춤추듯 시대의 변화에 맞는 '더 쓸모 있는 책'을 만들
겠습니다.

•천개의마을학교 - 대안적 삶과 교육을 지향하는 마을학교
당신은 지금 무엇을 배우고 싶나요? 살면서 나누고 배우고 익히는 취향과 경험을
팝니다. 〈천개의마을학교〉에서는 누구에게나 학습과 출판의 기회가 있습니다.
배운 것을 나누며 만들어진 결과물을 책으로 엮어 세상에 내놓습니다.

자신만의 생각이나 이야기를 펼치고 싶은 당신.
책으로 사람들에게 전하고 싶은 아이디어나 원고를 메일(thinksmart@kakao.com)로 보내주세요.
씽크스마트는 당신의 소중한 원고를 기다리고 있습니다.

미륵상회 박복자

유별님 지음

모든 '혼자'들을 위해서

혼자 거닐던 어느 쓸쓸한 날에, 시간도 모르고 상념에 시달리며 여기저기를 헤매다가 힘이 빠졌다. 마땅히 앉을 곳도 없어 멍청하게 서있을 때, 갑자기 배가 고팠다.

'그렇지, 물 마실 여유도 없이 쓸쓸했구나⋯⋯.'

요기를 하고 싶었으나 망설임이 먼저 앞섰다. 동반자가 없었기 때문이다. 혼자 음식점에서 밥을 먹는다는 것은 망측한 궁상이었다. 또 불쌍한 입장이었다. 사람이 어찌 살았으면 같이 밥 먹을 누가 아무도 없다는 것인지.

그보다, 남의 눈치보다는 혼자 뭔가를 꼭 먹어야할 만큼

식욕이 나지도 않았다. 그건 참 다행이었다. 혼자라는 것이 흉이 되고 스스로 머쓱하던 때였다.

그런데 얼마 지나지 않아 '혼'이란 말이 속 속 등장했다. 혼자 밥 먹는 '혼밥', 혼자 술 마시는 '혼술', 혼자 여행하는 '혼행', 뭐든지 혼자 하는 것이 대유행처럼 흔해졌다. 심지어 자랑거리가 되기도 했다. 그렇다면 혼자 사는 것은 혼거? 아니다. 이때는 온갖 사람들이 섞여 산다는 混居, 雜居를 말한다.

혼자이지만 함께 사는 삶

아무튼 요즘은 혼자 사는 독거인들이 많다. 이유는 다양하다. 40이 가깝도록, 혹은 넘도록 결혼하지 않고 혼자 사는 사람들이 많기 때문이다. 또는 노년에 배우자를 잃은 경우, 아니면 요즘 유행처럼 부쩍 늘어난 황혼이혼 때문이기도 하다. 젊은 층 역시 이혼으로 혼자 된 경우가 많다. 더불어 우울감을 갖거나 아예 우울증을 앓고 있는 사람들이 많아졌다. 고독사 소식도 종종 들려온다. 나아가 그 외로움과 고독을 이기지 못하고 스스로 생을 마감하는 사람들도 많다. 이런 저런 이유로 우리는 참으로 외로운 사회를 살고 있다.

반면, 혈연이 아닌 남끼리 공동체를 이루어 어울려 사는 사람들이 늘어나고 있다. 같이 투자해서 땅을 구입하고, 건물을 지어 이웃으로 살아가는 사람들이다. 개인 생활공간에서 사적인 시간을 즐기고, 공동 공간에서 친분을 나누는 삶이 좋기 때문이다. 서로 도움을 나눌 수 있고, 위험에서 안전할 수 있고, 힘과 지혜를 모아 어려움을 해결할 수 있다.

이런 생각을 하며 이야기를 상상하고 주제 삼아 글로 써봤다. 특히 미혼모들, 그 중에서도 여중생이나 여고생 미혼모들이 많은 요즘이다. 인구감소가 심각한 우리나라에 이들의 아기들은 귀하기 그지없다. 절차를 밟아가지 않은 아기들이라 하여 생명을 경시할 수 없다. 어렵게 아기를 낳은 어린 엄마들을 보호하고 싶다. 또한 조기 이혼으로 가정이 파괴되며 남겨진 아이들과 청소년들도 많다. 이 아이들이 안정된 보금자리에서 잘 성장하기 바라는 마음도 크다. 더해서 홀로된 노인들의 안식처도 제공하고 싶다.

또한 우리는 기후 위기로 발생하는 전세계 많은 천재지변을 겪고 있다. 이 글에서도 일회용품을 줄이고 탄소배출을 줄이는 삶도 지향하고 있다. 나아가 청년들과 중장년, 노년에 이르기까지 신체 건강한 이들의 일거리에 대해서도 모색하고 있다. 결말을 위해 긴 세월이 이어지고 있지만, 경험하지 않은 세대에게는 예상치 못했던 세상을 맛볼 기회도 있다.

"상상할 수 있다면 그건 이미 현실이다!"

파블로 피카소의 명언을 생각하며, 오래 벼르던 글을 마무리 한다.

2023년 11월
글쓴이 유별님

목차

하지만, 심란해

*1998년

뜻 없는 새벽 비였다. 겨우 땅 거죽만 적시고 말았지만, 그것은 은영의 단잠을 거스르며 푼수처럼 지나가고 말았다. 잠에서 깨고만 그녀는 배도 고프지 않았다. 간밤 내내 머릿속이 심란해서 계속 긴 한숨이 절로 났다. 오늘 떠나려는 문제의 길 때문이다. 기쁜 마음으로 설레며 가야 할 길이 아니었다. 그것은 가까우면서도 멀고, 마음 무거운 길이었다. 그렇다고 억지로 가는 것은 아니었다. 자발적인 길임에도 그랬다.

출발하려는 열 시 반의 태양은 한창이나 밝았다. 이전 것들을 모두 지운 채 구석구석 드러내고 있었다. 은영은 시동을 걸고서도 한참이나 뜸을 들였다. 마음이 답답하고 머리도 무거웠다. 해외출장 간 남편에게는 비밀이었다. 엄마에게는 모임에서 가는 일박이일 여행이라 했다. 그렇게까지 속이며 떠난다는 것이 그녀를 더 심란하게 만들었다. 또한 남편에 대한 뭔가를 조사한다는 것이 두렵기도 했다. 그러니 꼭 가야만 하는 즐거운 나들이가 아니었다. 그러니까 한가하게 봄볕 드라이브를 즐기는 것이 아니었다. 그녀는 습관 같은 잔 숨을 내쉬며 흘깃 옆 자리를 보았다. 넉넉하게 자리한 꾸러미들은 아무런 대꾸도 없었다. 함께이면서도 무표정한 그것들이 사뭇 얄미웠다.

'가자, 그래! 이미 차리고 나섰는데 미적거린다고 말 것도 아니고…….'

그녀는 페달을 깊이 누르고 시동을 걸었다. 뭣도 모르고 나들이를 재촉하는 아이마냥 엔진소리가 성가시게 졸라댔다.

도시를 벗어난 길은 적당히 한적했다. 햇살은 산들거렸고 풍경은 성숙했다. 소란하게 봄을 반기던 꽃들은 어느 새 사라지고 없었다. 이제 나무들은 푸짐하게 싹들을 키우며 온통 푸름으로 약동하고 있었다. 그 푸른 바다에서 온 힘을 다해 벌 나비를 유혹하는 영리한 꽃들이 보였다. 푸르름 속에서 눈에 잘 띄는 흰색을 택했다. 그리고 향을 진하게 하는데 더 신경을 썼다. 아카시 꽃이나 하얀 철쭉, 이팝나무 꽃등이 그랬다. 그것들은 내면을 실속 있게 다지고 달디 단 꿀 내를 풍기고 있었다.

　'사람도 그래야 인기 있어. 순하고 은은하면서도 끌어들이는 매력이 있어야……'

　잠시 경치를 즐기던 은영은 이내 어두워졌다. 다시 현실을 직시해야 했다.

　누군가 자신을 찾아왔다는 말을 듣는 순간, 그리고 그 누군가가 은영이라는 순간, 산속 그녀는 무엇으로 자신을 표현할 것인가? 일말의 자존심으로 냉소적일까? 아니면 기다렸다는 듯 반가움을 터뜨릴까, 아니면 그저 형식적인 대면에서 그치고 말 것인가. 은영은 그 첫 대면이 어떻게 시작될지 곰곰 생각했다. 신호에서 잠시 멈출 때면 손가락으로 핸들을 도닥거렸다. 한숨을 내쉬며 마음을 다스렸다.

　'정말, 살다보니 그렇게도 만날 수 있는 것을……. 그간 지나간 세월이 얼마인데도 서로 알아보다니, 기적이야……. 이런 일이 내게도 있을 줄은 생각도 못했어. 걔를 완전히 잊고 산 것은 아니지만, 이렇게 이어질 것은 생

각 못 했지. 정말 신기해. 그런데 걔는 어떻게 해서 그런 곳에 살고 있을까?……'

　작년의, 그 우연 같은 만남을 은영은 일 년 내내 가슴 속에서 물레질했다. 그리고 오늘 자아내려 한다. 그러나 막상 나서고 보니 망설여졌다. 알 수 없는 질척임이 내심을 흔들었다. 남편 태성의 집안과 산속 그녀인 복자네 사이에 어떤 사연이 있었는지 너무나 궁금했다. 기도원이란 곳이 복자와는 전혀 상관없을 것 같았는데, 그곳에서 걔를 만나다니, 아무리 생각해도 믿기 어려웠다. 은영은 길을 달리고 있는 지금이 마치 허구인 냥, 맥도 없이 선꿈이라도 꾸는 양, 그렇게 허공을 걷는 듯 했다. 그러나 틈틈이 다가오는 신호등과 가야할 길을 읽어야 할 표지판들이 틀림없는 현실이라고 확인시켰다. 앞으로, 옆으로, 다시 돌고 돌아 은영을 끌고 가며 복자를 최상의 미끼로 흔들었다.

　은영은 창을 반쯤 내렸다. 햇살 머금은 솔바람이 재주껏 넘나들었다. 들녘이나 산자락을 감도는 그것은 너무도 부드럽고 청순했다. 그 옛날 복자랑 팔 벌리고 치마폭 펄렁이던 시절이 어른거렸다. 그 때의 우정이 살며시 다가왔다. 솔바람 같은 보드라운 우정이었다. 은영의 답답했던 마음이 조금은 풀어졌다. 액셀을 더 밟았다.

풋내 나는 우정

　플라타너스 몸통 큰 나무들이 하늘을 덮은 곳, 별처럼 반짝이는 개나리가 담장으로 너울진 곳. 그 옆에 왕자 같은 동진이의 교실이 있었다. 적어도 은영에게는 그랬다. 그 교실이 은영에게는 별천지였고 신비의 범위였다. 아무도 뭐랄 사람은 없었지만 가고 싶어도 쉽게 들어설 수 없는 곳이었다. 그냥 바라만 봐도 가슴이 날아갈 것 같은 환상의 교실이었다. 그러나 복자는 팔랑거리며 잘도 드나들었다. 앞문 뒷문 가리지 않고 벌떡거리며 씩씩하게 돌아다녔다. 그 꼴을 볼 때마다 은영은 명치가 아팠다. 열 살 가슴에 동진

17

이는 아주 특별한 존재였다. 형제도 아니고 친구도 아니고, 더구나 머슴애인데도 정말 좋았다. 아니, 머슴애라 더 좋았다. 자꾸 보고 싶었다. 어쩌다 살짝이라도 보게 되면 가슴에 살랑바람이 불었다. 예쁜 꽃들이 피어나고 난리였다. 그 꽃은 크게 벙긋거리며 꽃잎을 흔들고 꽃술을 털며 춤을 췄다.

'나도 저 교실에 드나들고 싶어. 복자처럼 아무 때나 내 맘대로. 나는 마구 활개 치며 다닐 수 없어도 좋아. 그냥 구석에 살그머니 앉아만 있어도 좋겠어. 투명인간이 되어 하루 종일 그 애 곁을 따라다니고 싶어.'

은영은 이미 정해진 제 반을 물리고 싶었다. 다시 반을 배정 받아 동진이와 한 반이 되게 해달라고 떼쓰고 싶었다. 지금은 그것만이 최고의 소원이었다. 암만 생각해도 억울하기 짝이 없었다. 정해진 반이 원망스러워 발버둥치고 싶었다. 그러나 막상 동진이가 눈앞에 나타나면 은영은 갈팡질팡했다. 얼른 도망가 아무데나 숨어버렸다. 그 애가 멀어지면 몰래 뒤를 살폈다. 그러다 다시 나타나면 부랴부랴 얼굴을 숨겼다. 어느 때는 화가 치밀었다. 그 애는 도대체 은영이란 존재를 모르는 것 같았기 때문이다. 그녀는 그렇게 동진이가 미웠다, 좋았다, 알 수 없는 요술을 반복했다. 그 애의 하얀 얼굴, 쑥 나온 코, 그 위에 걸터앉은 안경, 그 안경을 가끔씩 들추는 야릇한 손가락! 동진이의 모든 것이 그녀 가슴을 통째로 붙들고 흔들었다.

'아~, 복자는 얼마나 좋을까? 그 애 글씨도 볼 수 있고, 도시락 반찬도 볼 수 있고, 그 애 냄새도 맡을 수 있잖아……. 그리고 숨소리도 알 수 있고. 또 몸도 닿을 수 있잖아!? 아~, 부러워. 부러워 죽겠어. 이름이 복자라 복이 많은가봐.'

은영은 그 이름이 무척 부러웠다.

하지만 은영을 더 아프고 더 슬프게 하는 일이 자꾸 벌어졌다. 운동장에 나갈 때였다. 그때는 무슨 벌이라도 받는 듯 배가 아팠다. 그 애와 복자가 짝으로 나타났다. 체육 시간에는 손을 잡거나 함께 공을 굴리거나 했다. 은영은 그런 걸 볼 때마다 질투가 솟구쳤다. 게다가 더 열이 오르는 것은, 복자가 먹이를 독차지한 고양이처럼 동진이를 놀리는 것이었다. 겨드랑이를 들썩이며 팔꿈치로 그 애를 구박했다. 한 발을 퍽 앞으로 내밀고 눈을 째려가며 턱 끝으로 명령 했다. 복자는 도도함과 의기양양함을 마음대로 떨치며 그 애를 구박했다. 그런데도 그 애는 구물구물 말이 없었다. 괜스레 안경머리를 들먹이며 복자의 호령에 잘도 맞추었다. 복자가 당기면 끌려가고 밀면 물러서고, 앞서면 졸졸 따라갔다.

'저런 멍청이, 바보 돌대가리!!!'

은영은 짜증이 났다. 너무너무 약 올랐다.

'몰라. 정말 몰라! 그래도 난 그 애가 좋아. 그냥 좋아. 복자 지집애 나쁜 지집애. 멀리 사라져 버려, 아주 없어져 버리면 좋겠어. 난 그 애가 좋아. 너무 좋아서 미워죽겠어. 그래서 자꾸 슬퍼, 이 똥청이 똥 동진!!'

*1965년

4학년, 열한 살 그날 아침, 학교 가려고 옷을 입는 은영의 가슴이 풍뎅이처럼 맴돌았다. 그 시절에 구하기 어려운 옷이, 누구보다도 예쁜 옷이란 걸 스스로 잘 알았다. 뽐내며 힘차게 웃었다. 더구나 새 학년에 동진이와 한 반이 되었다. 은영은 부반장이 되었다. 그 애와 짝은 아니지만 한 교실에서 공부할 수 있었다. 은영은 손뼉 치며 팡팡 발을 굴러 춤추고 좋아했다. 아무것도 부러울 게 없었다. 복자라는 이름보다 조은영이란 이름이 훨씬 좋았다. 학교에 대한 설렘으로 그녀 치마가 양껏 부풀었다.

하지만 마냥 신나고 즐거운 아침은 아니었다. 그녀는 늘 다니던 마을길을 마다하고 산 밑 지름길을 택했다. 성가신 복자 패거리와 마주치기 싫었다. 무엇보다 빨리 학교에 가야했기 때문이다. 하지만 두려움으로 떨렸다. 밤새 고민한

결과지만, 그 대가는 이미 단단한 각오가 돼 있었다. 아이들이 '째냈다'거나 '잘난 체하느라 치마를 입었다'는 둥, 길에서부터 놀림 받는 게 싫었다. 그러나 그 길은 큰 공포의 길이었다. 어른들도 별로 내켜하지 않을 만큼, 온몸이 오싹하는 무서운 길이었다. 산 밑에 난 그 황톳길은 돌덩이가 온통 불거져 나오고 아주 험했다. 게다가 꼴딱꼴딱 고개가 여럿 있어 걷기도 힘들었다. 무엇보다 무서운 것은, 문둥이(한센병 환자)들이 살고 있는 굴 언저리를 지나야 하는 것이었다. 그들은 병을 낫게 하기 위해 아이들의 간을 먹는다는 소문이 있었다. 그들이 굴에서 나와 근처에 숨어 있다가 아이가 오면 잡아간다고 했다. 그래서 한낮인데도 걸어 다니는 사람은 아무도 없었다. 깊은 산골짜기로 화강암을 실어 나르는 큰 트럭이나, 묵묵히 고개 숙인 소달구지만 간혹 다니고 있을 뿐이었다.

하지만 지금 그 길을 택해 가는 은영에게 무서움이 오히려 용기가 되고 있었다. 희망이라는 묘약에 이끌려 무엇이라도 물리칠만한 힘이 솟았다. 그녀는 씩씩하게 걸었다. 때론 실눈을 감고, 때론 이를 악물며 빠르게 걸었다. 행여 문둥이들이 쫓아올까봐 속력을 냈다. 공포의 길 저 끝만을 응시하며 막무가내 걸었다. 꼭 그래야만 했다. 길 끝이 가까워올 때는 달리기 시작했다. 왠지 등짝이 오글거렸다. 문둥이들이 쫓아오는 것 같았다. 눈을 질금 감고 마구 달렸다.

그래도 금방 등덜미를 잡히는 듯했다.

　어느 새 길 끝에 와 있었다. 잠시 숨을 고르고 오던 길을 되돌아보았다. 먼지도 없이 고요했다. 바람도 보이지 않았다. 그러자 뭔가 허전했다. 어쩌면 좀 억울했다. 괜히 뛰었나? 은영은 달려온 길을 째려보았다. 발로 흙을 힘껏 걷어찼다.

　'문둥이는 무슨 문둥이?! 잡아갈 테면 잡아보라지?
　메~롱~~'

　하지만 그렇게 여유 부릴 만큼 편안한 때는 아니었다. 이제부터는 가파른 내리막길이었다. 발 디딜 만한 돌멩이 하나 없었다. 작은 바람에도 붉은 흙덩이가 바스러지며 줄줄 흘러내렸다. 난감하기 이를 데 없었다. 잘못해서 미끄러져 떨어지면 큰일이었다. 아주 위험했다. 궁리하던 은영은 사방을 둘러보았다. 누가 있을 리 없었다. 그녀는 책가방을 아래로 힘껏 던졌다. 책가방은 비명을 지르며 나가 떨어졌다. 은영은 치마폭을 끌어 올려 팬티스타킹 속에 집어넣었다. 아주 단숨에 똑바로 내달려야 했다. 운동화 두 짝을 깔고 앉았다. 밑을 내려다보며 숨을 깊게 골랐다. 이내 힘차게 미끄러졌다. 그러나 시작하자마자 운동화는 따로 달리고 그녀는 엉망으로 미끄러졌다. 끝에 와서는 엎어지며 뒹굴었다.

"아이구, 엄마야~~"

은영은 정신이 아찔했다. 손바닥은 벗겨지고 얼굴까지 황토가 뿌려졌다. 하얀 스타킹 엉덩이에 구멍이 났다. 붉은 무늬들이 생겨났다. 울고 싶었다. 그녀는 침을 퉤퉤거리며 황토를 뱉었다. 정신을 차렸다. 그래도 편안한 신작로보다 두 배는 빠르지 않은가? 성취도가 아주 좋았다. 그녀는 이리저리 온몸을 팡팡 털었다. 예쁜 모습을 망쳐서는 안 됐다. 그 애와 공부하는 첫날이니까. 그녀는 책가방을 챙겨 들고 이리저리 탈탈 털었다.

이제부터는 소똥냄새가 질펀한 우시장이다. 흡! 하고 깊이 마신 숨을 꼭 가둔 채 코를 쥐고 달렸다. 다행히도 목숨이 위험할 때쯤에 어물전이 나타났다. 그러나 흙바닥이 모두 생선 비린내로 젖어있는 곳이다. 여간 조심해야 했다. 잘못 밟아 신발이나 스타킹에 생선물이 묻으면 똥파리가 달려오기 때문이다. 은영은 눈을 크게 떴다. 요리조리 마른 곳을 밟으며 곡예 하듯 걸었다. 드디어 탱탱하게 야문 땅이 나왔다. 가슴을 양껏 펴고 안도의 숨을 쉴 수 있었다. 이제 고난의 코스는 모두 끝났다. 다행히 어제가 장날이어서 지금은 시장 전체가 덩그러니 비었다.

여유롭게 호흡을 다듬은 은영은 아주 조신, 조신 걸었다. 아직 아침 하품이 남아있는 학교 길, 그 길에 혼자 걷고 있는 자신이 신비롭게 느껴졌다.

아침이면 왁자지껄, 아이들로 꽉 차는 길. 반가운 친구들 이름을 부르는 길. 참새들도 이리저리 신나는 길이었다. 하지만 오늘은 조용하다. 극장 앞 군것질거리 아줌마도 안 보이고, 방앗간 앞 참뿌리 파는 아저씨도 안 보였다. 혹시나 하고 멀리를 바라보았다. 재수 없이 복자 패거리가 오고 있는 건 아닌지 자세히 살폈다. 다행히 아무도 보이지 않았다. 어렴풋한 안개가 부옇게 돌기만 했다. 그것은 걱정 말고 천천히 가라는 듯 다정해 보였다.

드디어 학교에 도착했다. 아무도 없는 운동장 역시 서먹한 고요가 가득했다. 담임선생님 사택 앞 우물도 고요에 잠겨있었다. 마치 산신령이라도 앉아 있는 듯 신성하게 보였다. 낮은 높이에서 아주 높은 철봉들까지 3단계로 서있는 뒤로 키 큰 나무들이 있었다. 오동나무와 플라타너스들은 거대한 괴물들 같았다. 그 나무들이 그렇게나 큰 나무였는지 새삼 느꼈다. 매일 점심시간에 그 밑에서 놀던 생각이 났다. 그때는 나무에 대해 아무 생각이 없었다. 넓적한 나뭇잎에 손가락에 침을 묻혀 그림을 그렸다. 그리고 흙을 덮었다 털면 재미난 그림들이 나왔다. 친구들과 깔깔거리며 맘껏 즐겼을 뿐이었다. 그러나 지금은 왠지 낯설었다. 마른 가지만 흔들며 엄청 무서웠다. 참 신기한 분위기를 보였다. 이상한 나라의 엘리스처럼, 외로움이 들었다. 은영은 곧 왕자님이 나타나 구해주는 상상이 들었다. 그래서 사뭇 가냘 프게 한들거리며 교실로 걸어갔다. 복도는 또 그렇게 길고 길었다. 아침 유령이 나올 것처럼 싸늘했다. 변소에 산다는 달걀귀신이나 몽달귀신이 떠들고 있을 것 같았다. 그들이 공기놀이를 하는 것 같았다. 은영은 자르르 떨렸다. 잠시 주춤했다. 하지만 용기를 잃지 않고 걸었다.

마침내 교실에 도착했다. 잘 찾아왔지만 역시나 낯설었 다. 덩그마니 비어 있는 교실. 아직 머물고 있는 새벽을 헤 치고 은영은 살금살금 들어갔다. 감히 다가서기도 조심스 러운 동진의 책상을 바라보았다. 영혼으로 걸음을 세며 그 책상으로 다가갔다. 떨리는 마음으로 가만히 의자를 빼냈 다. 치마폭을 오므리고 살며시 걸터앉았다. 심장이 세차게 뛰었다. 작은 손으로 마음을 누르며 책상 위로 볼을 얹었다. 코를 흔들며 벌름벌름 그 애 냄새를 찾았다. 숨을 마시며 한껏 가슴에 담았다. 조심조심 가슴을 감싸고 제 자리로 돌 아왔다. 눈을 뜨면 행여 흩어질까 그대로 꼬옥 품고 앉았다.

은영의 가슴이 둥둥 떠올랐다. 떠오른 가슴이 문밖으로 나가자 보챘다. 끌어내려 의자에 앉혔다. 고개가 자꾸 문 쪽으로 돌아갔다. 밝아지는 햇살을 따라 왁자지껄 교실이 들어차기 시작했다. 그녀는 열심히 문 쪽을 곁눈질 했다. 아이들이 나타날 때마다 짜릿한 흥분을 느꼈다.

'이번엔 그 애가 나타날까?'

그러나 그 애는 좀처럼 나타나지 않았다. 행여 복자가 나타날까 움찔하기도 했다. 그러나 복자는 아예 나타나지 않기를 바라고, 또 바랐다.

어느 새 교실은 거의 다 찼다. 은영의 옆인 복자와 그 패거리들의 자리, 그리고 바둑 따먹기처럼 빠진 그 애 자리만 비어있었다. 그녀는 조급해졌다. 눈 놀림도 바빠졌다. 가슴은 자꾸 답답했다. 갑자기 더워지며 열이 났다. 작은 몸뚱이 하나를 부산스럽게 비벼댔다. 애가 탔다. 그래도 이런 날이 오기를 얼마나 빌고 빌었던가. 한 교실에 앉아 있기를. 멀리 앉아서도 그 애를 느낄 수 있기를. 그러나 시계는 씩씩하게 발을 쳐들고 척척척 돌아갔다. 이제 선생님 오실 시간이 겨우 십 분 남았다. 은영은 더욱 애가 탔다. 다시 문밖에서 발자국 소리가 들렸다. 그녀는 귀청을 넓혔다. 발소리가 점점 다가왔다. 그러나 그 문으로 씩씩하게 들어선 건 복자와 그 패거리들이었다. 은영은 자신도 모르게 움찔하며 눈을 감았다. 복자는 아주 당당하게 들어와 힐끗하며 은영을 흘겼다. 그리고는 퍽! 소리를 내며 책 보따리를 내려놓았다. 무슨 철천지원수 대하듯 '흥'하며 90도로 돌아앉았다. 조건반사는 이럴 때, 은영도 그렇게 돌아 앉아 등으로 쏘았다. 그러나 무척 떨렸다. 복자보다 빨리 와서 앉아있는 것이 큰 잘못이나 되는 것 같았다. 이상하게 복자 눈치가 보였다.

'그 애는 왜 안 오지? 어제 분명 우리 반이었는데, 저 자리에 앉았었잖아? 밤새 일이 잘못 돼 다른 반으로 갔나? 아아, 안 돼! 그건 정말 안 돼. 걔는 우리 반 반장이잖아? 아니, 어디가 아파서? 안 돼, 그것도 안 돼. 그 애는 아파도 안 돼! 그럼 왜 아직 안 오는 거야? 시간도 모르고 또 야구하고 있나? 아냐, 그 앤 그런 멍청이가 아니야. 그럼 왜 안와? 왜, 뭣 때문에?!'

안절부절 하는 바람에 복자와 눈이 마주쳤다.

'왜보냐? 흥!'

복자는 그림자마저 맵차게 걸어갔다. 은영도 오기가 나 다시 휙 돌아앉았다.

'나도 몰라 이 멍청이, 네까짓 것 오든 말든!'

그러고도 은영은 바로 문을 쳐다보았다. 교실 문은 고개를 숙이고 꼼짝 하지 않았다. 땡땡거리는 종소리를 몰며 선생님이 들어왔다.

'넌, 정말 멍청이야. 선생님도 오셨는데 아직도 안 오다

니. 정말 다른 반에 간 거야?'

안절부절 엉덩이가 들썩거렸다. 가슴이 자글자글 끓었다. 그때, 출석부를 떠받들고 안경을 들추며 그 애가 들어섰다.

'동진이닷!'

하마터면 벌떡 일어설 뻔 했다. 그러나 막상 그 애를 보니 화가 났다. 눈을 흘기며 모른 체했다. 나른하게 맥이 빠져갔다.

'반장은 바쁘네……'

은영은 그 애가 더 멋져보였다.

말릴 수 없는 자존심, 열등감

아이들 떠드는 소리가 하늘을 가르고 다녔다. 커다란 운동장은 콩 볶는 가마솥 같았다. 흙먼지와 봄볕이 그 소리에 뒤범벅이었다. 여자아이들은 아름드리 오동나무 아래로 모였다. 편을 짜고 고무줄뛰기가 한창이었다. 그 속에 행복한 은영이 웃고 있었다. 몸은 고무줄을 뛰고 있어도 마음은 동진을 좇고 있었다. 짓궂은 사내아이들이 몰려올 때면 가슴이 두근거렸다. 그 애가 항상 대장으로 앞서 있었으니까. 그리고는 정답처럼 고무줄을 끊어갔다. 여자아이들은 목젖을 달랑대며 비명을 질렀다. 너도나도 팔다리를 벌떡이며 까무러치듯 아우성쳤다. 그러나 은영은 속상한 척만 했다. 가까이로 그 애가 다녀가는 것을 즐기고 있었다. 그 애는 수북한 앞머리를 털썩이며 맑은 이마를 내보였다. 그 모습이 자지러지게 좋았다. 황홀했다. 그럴수록 그 애가 더 좋아졌다. 은영은 한참씩 그 여운을 움켜쥐고 비틀거렸다. 그 애는 사라져가는 뒷모습도 너무 멋졌다. 말을 타고 가는 왕자님 같았다.

'아, 학교는 정말 좋아. 아파도 안 빠지고 열심히 올 거야!'

잘 때면 어서 아침이 오기를 기다렸다. 아침이면 부지런을 떨며 학교로 달려갔다. 공부를 하면서도 그 애를 훔쳐봤다. 하루 수업시간은 너무 짧았다. 마지막 종소리가 얄미웠다. 아쉽고 허전했다. 하지만 어쩔 수 없이 책가방을 싸야 했다.

그때, 하루의 단꿈이 깨져 내리는 소리가 났다.

"야, 조 은 영!, 너? 나 좀 따라와! 할 얘기가 있어!"

은영은 깜짝 놀랐다. 너무 공격적인 소리였다. 가슴이 떨렸다. 게다가 복자가 하고 서 있는 꼴은 또 뭔지, 팔짱을 끼고 골반을 좌로 우로 흔들고 있었다. 뿐만 아니라 댓 명이나 되는 여자애들이 같은 모습을 하고 있었다. 그 애들은 복자를 한 발 물러나 충성스럽게 둘러 서 있었다. 은영은 순간 스치는 것이 있었다.

'동진이를 좋아해서······.'

　가슴이 쿵쿵거렸다. 떨리기 시작했다. 그러나 힘을 내고 이겨야 했다.

　"뭔데?"

　은영이 똘똘하게 물었다.

　"뭐긴 뭐야!, 따라오면 알지."

　복자는 콧구멍을 치켜들고 앞장섰다. 뒤를 따라 그녀의 졸개들이 폼을 재고 붙어 갔다. 복자의 책과 도시락 보따리며 신발주머니를 든 주제에. 그 끝에 은영이 미적지근하게 따라갔다.

　복자 무리들이 후문에 있는 작은 연못가에서 멈추었다. 앞문으로만 다니던 은영은 후문이 낯설었다. 모르는 동네에 도착한 듯했다. 또 자신을 도와 줄 아무도 없음이 무척 두려웠다. 오한이 일기 시작했다. 복자는 콧바람을 힝~ 쏟았다. 입술 밖으로 혀를 한 바퀴 돌렸다. 두 손은 허리에 척 걸치고 째리는 들쥐 눈을 떴다. 두렵고 떨리던 은영은 그 꼴이 우스웠다. 그러자 되레 오기가 났다. 그래서 턱을 바로 당기고 두 다리에 힘을 줬다. 허리와 가슴을 죽죽 폈다. 요 근래 복자가 자신을 자꾸 괴롭히고 있어서 안 그래도 따지고 싶었다.

"뭐야? 말해봐!"

은영은 복자를 둘러선 졸개들까지를 여유롭게 훑어보았다.

"어쭈~, 왜냐고? 허어~, 제법이네에?"

한 발을 턱하니 앞으로 내민 복자는 고개까지 꺼들먹거렸다. 당당 하려던 은영은 기가 꺾였다. 속으로 움찔 물러났다.

"야아, 잘난 척 하지 마라? 니가 부반장 된 것? 그리고 매일 남아서 미술공부 하는 것? 그거 다 니네 엄마가 한복 입고 학교에 오니까 그렇지, 니가 잘나서 그런 게 아니잖아?!"

복자는 미치겠다는 듯 악을 썼다. 뱀처럼 고개를 쳐들고 와 은영의 턱 밑에서 흔들었다. 덩달아 눈썹 위 검은 점이 씩씩하게 따라왔다. 그 점에 있는 한 올 털이 팔랑팔랑 흔들렸다. 웬 뚱딴지같은 말들인지, 은영은 눈을 껌뻑이며 뒤로 살짝 물러섰다. 그렇게 악을 쓰던 복자가 조용해졌다. 그리고 갑자기 힘 빠진 눈으로 은영을 노려봤다. 그 톡 쏘던 눈에 눈물이 살짝 스쳐갔다. 은영은 안도했다. 동진이를 좋아해서가 아니란 것, 천만 다행이었다.

'그런데, 우리 엄마가 한복 입고 학교에 오는 것이 뭐가 어쨌다는 거야? 니네 엄마도 한복 입고 오면 되지? 그리고 부반장이 된 것도 애들이 뽑은 건데, 우리 엄마는 왜? 또 미술공부가 어떻다고 야단이야? 부럽다면 너도 하면 될 것 아냐?!'

은영은 이상할 게 아무 것도 없었다. 학교는 누구나 공부하러 오는 곳이고, 더해서 동진이도 보고, 좋아하고 재미있는 미술공부도 하고, 그게 어쨌다고 야단인지 모르겠다.

'별꼴이야. 뭣 때문에 그런지 알 수 없네, 혼자 소리 지르고 난리더니 눈물은? 칫!'

은영은 허심하게 연못을 바라보았다. 그러나 생각에는 복자의 눈물이 보였다. 뭐가 슬퍼서 눈물을 보이는지 모르겠다. 알 수 없는 바람이 그녀 가슴을 맴돌았다.

'왜 내게 야단이야? 내가 지 것을 빼앗은 것도 아닌데 ……,'

진흙물 위로 연꽃을 비키며 소금쟁이 한 마리가 튀어 다녔다. 심청이가 타고 나왔다는 연꽃이 저렇게나 작을 줄이야. 넘어가는 햇살 바람에 수양버들은 살랑거렸다. 쓸쓸하지만 아름다웠다.

"야, 잘난 척하지 마라, 알았지? 너하고는 아무도 못 놀 게 할 거야! 너한테 말 거는 애 있으면 가만두지 않겠어. 알겠냐? 이 째쟁이야, 명심해!"

생각에 잠겼던 은영은 깜짝 놀랐다. 복자의 자존심과 열등감은 어쩔 수 없는 패배였다. 아무리 애를 써도 안 되는 일이었다. 복자는 은영을 따를 수 없음을 스스로가 너무도 잘 알았다. 물론 공부도 잘해야 했지만, 엄마가 한복을 입고 학교에 오는 것은 도저히 불가능했다. 더구나 미술공부는 더없이 어려운 일이었다. 선생님이 가르쳐줄 것 같지도 않았다. 자기 부모가 그만큼 신경써줄 것 같지 않았기 때문이다. 게다가 복자 자신은 그렇게 조물거리며 뭘 만들어낸다거나, 아주 섬세하게 붙이고 바르고 할 재주가 없었다. 그럼에도 불구하고 심통이 났다. 특별한 대우를 받는 은영이 언제나 부럽고 얄미웠다. 복자 스스로도 알 수 없는 신경질이 자꾸 솟아났다. 보이는 것마다 짜증나고 귀찮았다. 십대 복자의 가치관이 심한 열등감과 자존심을 내지르고 있었다. 짜증과 불만에 종횡무진 어지러웠다.

울부짖듯 쏘아붙이고 돌아가는 복자의 뒷모습이 무척 시시해 보였다. 가여웠다. 왠지 모르게 그랬다.

'난 싸우고 싶지 않아. 우리가 친하다고 같이 짝꿍이 된 것을 얼마나 좋아했니? 그런데 짝꿍이 되자마자 네가 나를 미워했잖아? 네가 갑자기 왜 그런지 모르겠어. 설마……, 너도 동진이를 좋아해서?……, 뭐? 그건 안 돼!'

은영은 멀어지는 복자를 쏘아 봤다. 복자는 뒤도 돌아보지 않고 졸개들과 멀리로 사라졌다. 쓸쓸한 연못에 바람이 스쳤다. 은영은 추위를 느꼈다. 마음이 너무 시렸다.

'내일이 두려워. 어서 집에 가야겠어. 그런데 어떻게 가지? 가서 누룽지 긁는 소리 들으며 숙제나 하고 있으면 정말 좋겠는데. 엄마아~'

며칠이 지나도록, 복자는 결코 복스럽지 않았다. 은영을 맴돌며 쫀쫀하게 감시했다. 가까이에서나 멀리에서나 괜한 헛기침을 해댔다. 뿐만 아니라 다른 애들에게도 거들먹거렸다. 사탕이나 과자를 나눠주며 위세를 부렸다. 속닥거렸지만 은영에게 다 들릴 정도였다. 일부러 웃기도 했다. 부하 관리를 잘 하는 두목 그대로였다. 아이들 대부분은 집안이 어려웠다. 부모들이 농사짓는 일만으로 생계를 이어가는 빈곤한 삶이었기 때문이다. 복자는 그 애들 앞에서 당당했다. 목에 힘줄 세울만한 부러운 존재였다.

마을 전체가 가난했다. 논농사 밭농사가 전부였다. 땅주인보다는 소작농이 더 많았다. 한 집에 보통 7~8명의 형제들이 바글거렸다. 할머니나 할아버지까지 계신집도 많았다. 형편이 어려운 사람들은 겨울에도 수제비에 김치 하나로 지냈다. 고구마, 감자, 옥수수, 누룽지 이외의 군것질 거리는 아이들에게 부러운 '물건'일 뿐이었다. 그러나 복자처럼 돈을 가지고 있으면 달랐다. 맛있는 간식을 얼마든지 살 수 있었다. 달콤하고 부드러운 칡뿌리, 쫄깃한 다슬기, 햇빛에 반짝이는 보석 같은 삼각비닐 주스, 설탕 뽑기, 달고나 등이 그랬다. 그래서 복자 어깨를 기웃거리며 따라 다니는 여자 애들이 많았다. 그 애들은 가끔씩 떨어지는 콩고물로 여간 행복해 했다. 주황이나 분홍의 삼각비닐 주스는 대단한 인기였다. 그것의 한쪽 모서리를 이 끝으로 살짝 깨물어 주면, 머리카락 같은 물줄기가 나왔다. 여자 애들은 복자의 손 밑으로 입을 벌리고 돌았다. 그 이슬을 맛보려고 간과 쓸개를 내던졌다. 꾀죄죄한 손톱 끝에 침을 묻혀가며 조심과 정성을 다해 설탕 뽑기를 다듬고, 굵은 설탕이 볼과 잇몸 사이에서 꾹꾹 지르며 말을 못하게 하는 왕사탕의 달콤함도, 모두 복자를 따라다니므로 얻을 수 있는 삶의 희열이었다.

교회 헌금에서 5원짜리 큰돈을 내는 아이는 역시 복자였다. 복자네는 마을에서도 상당히 규모가 큰 가게를 차리고 있었다. 부자였다. 아빠가 셈하고 오빠가 배달 일을 했으니 이래저래 부자라고 할 수 있었다. 가게에는 쌀도 많고 보리도 많고, 콩이나 밀도 많았다. 또 과일들도 푸짐하게 쌓여 있었고 채소들도 많았다. 무엇보다도 과자들이 있었다. 그것은 복자에게 과히 뽐낼만한 힘이었다. 복자 주머니에는 잔돈이 짱그랑거렸다. 그녀의 권력이었다. 정말 이름대로 복이 많았다. 그럼에도 불구하고 은영에게는 표독을 떨며 혼자 가슴앓이를 했다. 은영이 고분고분 자기 앞에 무릎을 꿇지 않아 더 얄미웠다. 자기가 한턱 쏘는 군것질거리에 조금도 입맛 다시지 않는 것이 그렇게 얄미웠다. 그러고 보면 자기네 가게에서 과자를 사는 일도 없었다. 은영 엄마 단골가게는 따로 있었다. 모든 곡식들과 채소, 과일들도 같은 교인 가게에서 샀다. 복자는 그 점이 또 얄미웠다. 배신이라 생각했다. 시장에 갈 때도 멋을 내고 다니는 은영 엄마가 자꾸 생각났다. 그럴 때면 교회에 다니지 않는 자기 엄마가 원망스럽기도 했다.

급한 일이나 중요한 일이 있을 때, 부모들은 학교에 와야만 했다. 그러나 워낙 농사일로 바쁜 그들 모습은 거의가 흡사했다. 흙투성이 검정 고무신에 두루뭉술한 몸빼 바지. 그리고 머리나 목에는 어김없이 수건을 두르고 있었다. 그나마도 아이가 학교를 졸업하도록 단 한 번도 오지 못하는 부모들이 태반이었다. 하지만 은영 엄마는 달랐다. 농사를 짓는 것도 아니고 가게를 지키는 것도 아니었다. 게다가 집 안일을 해주는 사람이 따로 있어 언제나 한가했다. 바쁘다면 가끔 일본에 친척을 둔 사람들의 편지를 읽어주고 대신 답장을 써주는 일 정도였다. 아버지도 남들이 부러워하는 '회사'에 다녔다. 그 시절 그 때에는 지식인이라며 돈 많은 유지보다 더 존경받았다. 경제적으로도 괜찮은 살림이었다. 그러다보니 은영 엄마는 항상 깨끗했다. 학교에 올 때는 화사한 한복에 양산을 받쳐 들었다. 교문에서부터 은영 엄마라는 표시가 뚜렷했다. 은영이네는 도시에서 살았었다. 그러나 아버지 건강 문제로 잠깐 이곳에 와 살고 있었다.

복자 엄마는 농사짓는 일은 안 했지만 집안 살림과 가게 일로 바빴다. 안 그렇다 해도 무관심이 반이어서 아직 한 번도 학교에 온 일이 없었다. 물론 복자는 제 엄마가 한복 입은 모습을 본적이 없었다. 아예 한복도 없다. 복자는 교문에 나타나는 은영 엄마를 제 엄마로 바꾸어 보기도 했다. 하지만 신경질만 더 나고 말았다. 그 심통이 그대로 은영에게 떨어지고 있었다.

은영은 이제 학교 가는 길 때문에 입맛도 떨어졌다. 어느 길로 갈까 궁리하느라 진땀이 절로 났다. 눈치껏 잘 피해간다 해도 복자 패거리와 마주쳤다. 그들이 낄낄거리면 몸이 오싹했다. 무시하고 비켜 걸어도 뒤에서 놀리는 소리가 들렸다. 송충이처럼 등줄기가 간지러웠다. 문둥이 무섭기는 댈 수도 없었다. 그러기를 벌써 몇 달째, 야속하게 놀림은 갈수록 더 심해졌다.

"이 오렌지 주스 먹을 사람!"

복자는 아이들이 받지도 못할 방향으로 집어 던졌다. 아이들이 우르르 몰려들게 했다. 그것이 은영의 뒤쪽이었다. 서로 밀치는 바람에 그녀를 넘어지게 만들었다. 그리고는 새떼처럼 달아났다.

"오리처럼 궁뎅이를 빼고 웃기게 걷는 애는 누구냐?"

복자 외침에 아이들은 은영 앞으로 몰렸다. 모두 엉덩이를 빼고 뒤뚱거리며 길을 막았다.

"지 옷이 예쁘다고 잘난 척하는 애는 누구냐?"

역시 아이들은 은영의 근처로 몰려왔다. 침을 뱉으며 혀를 날름거렸다. 뭘 입어도 트집을 잡고 이죽거렸다. 더구나 이름을 들먹이며 '지가 저보고 좋다고 조은영이라고 웃기는 애'라는 등 이름으로도 놀려댔다. 정말 원수 같았다. 쥐들보다 무서웠다. 송충이보다 징그러웠다. 짝꿍이 바뀌려면 여름방학이나 지나야 했다. 은영은 매일 교실에 들어서기도 두려웠다. 복자는 교실에서도 괴롭혔다. 자신이 임의로 그어 놓은 범위에 들어서면 어김없이 한 대 치고 말았다. 어쩌다 슬쩍 옷깃이 스쳐도 독하게 내리쳤다. 본의 아니게 눈길이 마주쳐도 쫓아와 꼬집었다. '복자'라는 비슷한 말만 해도 때릴 듯 손을 들먹이며 눈을 째렸다. 더구나 아이들이 은영과 말을 하거나 근처에만 가도 심통을 부리며 포악을 떨었다. 은영은 공부시간에도 조마조마 했다. 제 물건이 복자 쪽으로 선을 넘어갈까봐. 그래서 빼앗길까봐. 남자애들은 상관없었다. 참 다행이었다. 하지만 동진이는 아무것도 몰랐다. 제 일에 바쁘고 대장 노릇하느라 정신없었다. 그래도 은영은 동진을 보는 그 기쁨 하나로 꾹 참고 다녔다. 매일 설레는 마음으로 학교에 왔다.

하지만, 또 집에 가는 일이 더 걱정이었다. 무슨 트집으로 비아냥거리며 괴롭힐지. 심지어 복자는 한복 입은 은영 엄마를 비웃었다. 치마를 틀어잡고 양산을 흔들며 걷는 흉내를 내기도 했다. 그러면 여자애들은 깔깔 거리며 복자를 따라 했다. 고난의 지옥이 연속이었다.

그런 중에도 은영에게는 동진이 말고 즐거운 일은 또 있었다. 학교 공부가 끝나고 미술 공부하는 시간이었다. 얄미운 복자가 없는 곳에서 좋아하는 것을 마음껏 즐길 수 있었기 때문이다. 그곳에서 만들고 싶은 것들을 가지고 노는 시간은 참 행복했다. 특별 지도를 해주시는 선생님은 다정했다. 재미난 얘기도 많이 해주셨다. 생활주변에서 만들기를 할 수 있는 재료들을 알려주셨다. 해가 사라져가는 시간이 되도록 만들기 재미에 빠질 수 있었다. 또 상급반 남자 선생님께 전하는 편지 심부름도 좋았다. 미술실에서 잘 안 보이는 곳에 가면 살짝 그 편지를 훔쳐 읽기도 했다. 그리고 다시 답장을 받아와 미술선생님께 전달했다. 엄마가 쓰신 일어 편지를 전달하고 다시 받아오고 하던 것처럼 은영은 자연스러운 일이었다.

그러나 미술 공부가 끝나고 학교를 나서려면 다시 고통이 시작됐다. 지금은 보리가 자라 한창 풍성했다. 산길 보리밭은 문둥이들이 숨어 있기에 알맞다는 소문 때문이었다. 어른들도 그 길을 다니려 하지 않았다. 은영도 그 길은 도저히 갈 수 없었다. 그래서 살금살금 살피며 시장 길에 이르렀다. 저 앞에, 역시 군것질거리를 사들고 낄낄거리는 복자 패거리들이 보였다. 움찔했다. 늦은 시간까지 그들은 집에도 안 가고 놀고 있었다. 두려웠다. 가슴이 두근거리고 또 배가 아팠다.

'쟤들이 또 있네. 엄마한테 알려야 하는데……'

이제는 엄마한테 일러서 복자를 혼내주고 싶었다. 혼자 피하기는 너무 어려웠다. 매일 힘들었다. 속 편하고 몸 편하게 학교에 다니고 싶었다. 울고 싶었다. 엄마가 데리러 오면 좋겠다. 어떻게 알리면 좋을까. 그녀는 약국 앞에 왔을 때 드디어 질금거리며 울었다.

'아, 여기 숨어야지!'

은영은 약국 문을 열고 들어갔다. 먼 친척 집이었다. 가

끔 엄마를 따라 왔었다. 친척은 머리도 쓰다듬어 주며 용돈
도 줬었다. 은영은 어설프게 몸을 꼬며 인사를 했다. 이게
누구냐? 어서 오라며 역시나 반갑게 맞아 주셨다. 친척은
생글생글 명랑한 은영을 무척이도 예뻐했다. 바쁜 중에 저
녁밥도 차려줬다. 은영은 그 밥을 다 먹고도 갈 생각을 안
했다. 오히려 넙죽 눌러 앉아 숙제까지 하고 있었다. 친척
은 집에 안 가냐고 물었다. 은영은 시무룩하게 고개만 숙이
고 있었다. 친척은 고개를 갸웃했다. 약국 심부름동이는 급
하게 자전거를 몰고 나갔다.

　은영 엄마는 심난한 마음으로 빠르게 걸음을 몰았다. 그
뒤로 은영은 신이 나서 따라갔다. 복자를 혼내줄 생각에 기
분이 좋았다. 제 엄마한테 혼나며 용서를 빌고 있는 복자가
떠올랐다. 아프게 쿡 쥐어박는 시늉을 했다. 맘 같아서는
실컷 때려주고 싶었다. 자지러질 만큼 아프게 꼬집어주고
싶었다. 침을 뱉어주고도 싶었다. 아무튼 복자를 혼내려니
절로 신이 났다.

　'미륵상회' 복자네 가게는 멀리에서 봐도 화려하고 풍성
했다. 여러 가지 곡류와 채소들, 그리고 과일이나 과자류가
잘 차려진 가게였다. 안쪽으로 유리문 옆에 낡은 책상 하나
가 놓여 있었다. 그 위에 새카만 전화기가 반질반질하게 빛
났다. 그 앞에는 주판셈을 하는 박 씨가 앉아 있었다. 창백
한 얼굴에 살점 없는 몸을 하고 있었다. 흡사 십년 마른 명

태와 같았다. 벌써 몇 해를 기침으로 지내느라 허리를 펴지 못했다. 숙인 고개 밑으로 거무스레하게 움푹 파인 눈으로 남은 생의 어둠을 셈하고 있었다.

은영 엄마 말에 그는 할 말을 잊었다. 굽은 허리를 더 숙이며 두 손을 모았다. 말 대신 기침이 앞서 가슴만 두드렸다. 이따금 부는 바람이 가게 안으로 들락거렸다. 천장에 길게 매달린 전구가 흔들렸다. 혼내주는 유령처럼 그림자들이 커졌다 작아졌다 위협했다. 그때 복자 엄마가 아들을 앞세우고 막 쌀 배달을 다녀왔다. 그 박씨네는 뜻밖의 손님을 보고 반가워했다. 그러나 이내 이상한 기운을 느끼고 말았다. 기침이 더욱 심해진 박 씨가 주섬주섬 말을 이었다. 박씨네는 몸뻬 폭을 쥐어틀며 발을 동동 굴렀다.

"이런 쥐일 년을, 이년을 기냥!"

그리고는 은영 엄마에게 급하게 허리를 접었다. 계속 굽실대며 진솔한 사과를 했다. 그런 그들의 사과가 오히려 미안해 은영 엄마도 깊게 허리를 접었다. 생각 같아서는 다시는 내 딸을 괴롭히지 않게 해달라고 당부하고 싶었다. 단단히 주의 주라하고 어떤 다짐이라도 받고 싶었다. 그러나 그 상황에서는 부탁 말고는 화도 낼 수 없었다. 되레 자라는 아이들 일에 공연한 소란을 떨었나 싶었다. 돌아오는 길의 은영 엄마 발걸음은 무거웠다. 돌이라도 달린 듯 힘들었다.

뒷덜미에 파고드는 박 씨의 기침소리가 부담스럽고 괴로웠다. 그렇다고 딸에게 고통을 참으라고 할 수만도 없었다. 이래저래 심정이 불편하고 괴로웠다. 은영 역시 못마땅하고 심통이 났다. 복자를 두고 막 야단을 쳤으면 했는데, 복자는 보이지도 않았다.

'얄미운 지집애!'

잠시 후 덜래 덜래 들어온 복자는 콧노래까지 흥얼거렸다. 오자마마 냉큼 사탕 하나를 집어 들었다. 초조하게 살피던 그녀 엄마 박씨네가 후다닥 쫓아가 복자를 끌어가려 했다. 그러나 이미 시작된 박 씨 분노가 더 빨랐다. 그는 빗자루로 복자를 심하게 때렸다. 병든 애비 밑에서 자라 그렇다는 소리를 듣는 것 같아서였다. 그럴수록 기침은 더욱 심해졌다. 가슴이 찢어지는 고통이 밀려왔다. 그는 가슴을 움켜쥐고 땅바닥을 돌았다. 돌다, 돌다 정신을 잃고 쓰러졌다. 그의 입에서 두업 두업 굵은 피가 몰려 나왔다.

절규하던 복자 엄마 가슴에서 피눈물이 쏟아졌다. 한 가정의 가장이 폐결핵을 심하게 앓고 있었기 때문이다. 당시는 약이 귀해 죽음에 이르기 일쑤였다. 죽음을 기다리는 남편을 보는 박씨네는 아들을 위안 삼아 겨우 살고 있었다. 넷이나 되는 딸들을 키울 생각에 항상 부담을 안고 살았다. 그 속이 얼마나 괴로웠을까. 안 그래도 이웃들은 복자네를 가엽게 여기고 있었는데…….

그 일이 있고 이틀 후, 은영 엄마는 악몽에 시달리기 시작했다. 박 씨가 다시는 복장 조이지 않을 세상으로 떠났기 때문이다. 박 씨의 죽음이 마치 자신의 탓인 것 같아 자책이 심해졌다. 게다가 같은 병을 앓고 있던 은영 아버지는 완치됐다. 발병 초기에 좋은 약으로 잘 치료한 덕이다. 그러나 복자 아버지는 죽음을 맞았기 때문이다. 은영이네는 내년에 다시 서울로 이사할 예정이었다. 하지만 은영 엄마는 당장 짐을 싸고 싶었다. 그러나 당장은 곤란했다. 병이 완치돼 서울로 회사를 옮긴 은영 아버지가 가족들이 살아야할 집을 짓고 있었기 때문이다. 은영 엄마는 그 것 기다릴 생각을 하니 가슴이 답답했다. 하지만 도피한다고 잊혀질 일이 아니었다. 박 씨 죽음이 자신 탓이 아니라는 냉정한 판단을 하며 스스로를 다스렸다. 그래도 꿈이 뒤숭숭하고 가슴이 저려 잠을 잘 수 없었다. 될 수 있으면 외출을 자제하고 사람들 입에 오르내리지 않도록 목소리도 낮추었다. 어쩌면 은영이네는 병아리들도 삐약 삐약 소리를 죽일 정도였다. 앞마당 모란도 소리 없이 땅으로 내려앉았다. 한동안은 그렇게 모든 것이 잠겨있었다.

십대, 사랑스런 털갈이

*1967년

　모두의 우울하던 날들은 어느새 묻혀가고 있었다. 대신 마음에 새로운 싹들이 돋아나 이성적 방향을 제시했다. 그것은 은영에게 더욱 크게 작용했다.

　예전에는 그랬다. 동진이를 생각하는 설렘으로 눈을 떴고, 바라보고 싶은 즐거움으로 학교에 갔다. 그것은 참 신나는 하루를 만들어줬었다. 복자가 아무리 괴롭혀도 동진이를 생각하면 즐거웠다. 하지만 언제부터인가 마음에 심술이 일기 시작했다. 좋았던 그 애가 점점 미워졌다. 복자에게 당하고 있을 때 그 애는 아무 관심이 없었으니까. 그러다 다시 보고 싶기도 했다. 그 애는 몰랐으니까. 괜스레 슬퍼졌다. 쓸쓸하고 우울했다. 동진이가 은영의 마음을 전혀 알아주지 않았기 때문이다. 그녀는 그 애를 마주하며 말을 할 수 없었다. 어떤 이유라도 있어야 다가갈 텐데, 아무런 방법이 없었다. 이러다 행여 죽을병은 아닌지 두려웠다. 한동안은 그랬다. 그러나 이젠 완전히 달라졌다. 다시 돋은 마음 싹이 그렇게 그녀를 바꾸고 있었다. 그 애를 생각하면 오싹하게 소름이 돋았다. 멀겋고 허연 얼굴이 얄미웠다. 얹혀 있는 안경을 일 없이 들썩이는 것도 바보스러웠다. 걷는 모습이나 히죽이 웃는 모습이 환멸스럽고 꼴사나웠다. 행여 바람에 그 애 냄새라도 들어있을까 숨을 멈춰버렸다. 될 수 있으면 그 애를 보지 않고 생각도 말자 했다. 어쩌다 그 애와 마주치면 솜털이라도 날아와 붙은 듯 맵차게 털어냈다. 털 난 송충이보다 더 징그럽고 소름 돋았다. 은영의 호르몬은 그렇게 빠른 변화를 시작했다.

복자에게도 변화는 찾아왔다. 언제보아도 탱탱하게 활개 치던 그녀도 속이나 겉이 뚜렷하게 달라졌다. 말 수가 적어졌다. 어느 땐 미동도 없이 생각에 잠겨있었다. 웃음도 거의 없어지고 자신만만함도 모두 사라졌다. 몸 놀릴 때마다 가시처럼 불어대던 바람도 찾아볼 수 없었다. 아이러니하게도 그런 복자의 매력들이 사라져버리니 그녀가 시시하게 보였다. 더구나 어이없게도 은영과는 단짝이 되어 종일 붙어있었다. 눈 흘김 한 번 없이 언제나 하하 호호 정다웠다. 이웃 시내의 명문여중에 가자고 야무진 약속도 했다. 서로의 집을 오가며 밤새워 공부했다. 별밤 아래 마당에서 체력 다지기 연습도 했다. 사랑스런 털갈이는 소녀들의 성장을 예쁘게 부추겼다.

복자네 가게는 그런대로 잘 번성했다. 아버지 박 씨가 세상을 떠난 후, 홀로 바빠진 엄마를 돕느라 복자 몫의 집안일도 많아졌다. 밥 짓고 청소하는 일은 당연히 복자가 했다. 아래로 셋이나 되는 여동생들 치다꺼리도 그녀 몫이었다. 바쁘기는 그녀 오빠가 더했다. 집안 사정으로 마을에 있는 작은 농업중학교에 들어갔다. 그는 날마다 밤늦게까지 쌀이나 채소를 배달했다. 어리지만 집안의 가장 역할을 해냈다. 피곤한 중에도 공부를 게을리 하지 않아 성적도 좋았다. 박씨네는 장학금을 받는 아들이 자랑스러웠다. 그것은 바로 박쎄네가 사는 힘의 원동력이었다.

복자네 자전거는 몸체가 크고 튼튼했다. 소녀 둘이 올라앉아도 끄떡없었다. 뒷자리에 두껍고 넓은 판자를 얹어 쌀가마니나 무거운 물건을 싣기에 아주 좋았다. 그 위에 가끔은 은영과 복자를 태우고 강둑을 달리기에도 그만이었다. 그럴 때면 소녀 둘이는 노래를 부르며 떠들었다. 모든 나무들의, 밭들의, 논들의 냄새가 바람을 타고 온몸을 어루만졌다. 복자 오빠는 정말 힘이 셌다. 계집애 둘을 태우고도 힘차게 잘 달렸다. 그런 드라이브는 그녀들에게 더도 없는 활력소가 되었다. 공부도 잘 되고 우정도 점점 더 깊어졌다.

어느 토요일, 그녀들은 복자네 집에서 함께 쌀을 씻으며 시시덕거렸다. 쌀뜨물에 손을 담그고 마주 앉아 곱고 예쁜 손이 되라며 비비고 놀았다. 그 바람에 쌀이 불고 부스러졌다. 그러다 문득, 복자가 은영을 보며 신비로운 미소를 흘렸다.

"이리와 봐! 뭐 보여 줄게."

궁금한 은영은 치마 춤에 손을 닦으며 복자를 따라 갔다. 뒷방으로 간 복자는 손가락을 세워 단단히 주의를 줬다.

"절대 소리 내면 안 돼! 알았지? 숨 쉬지 말고 조용히 있어야 해. 어……, 있다. 있어!"

창호지 문짝은 이미 여러 개 구멍이 나 있었다. 그 문짝 구멍 하나를 은영에게 양보하며 복자는 신작로 먼지처럼 흥분했다. 한껏 호기심을 가지고 은영은 그 구멍에 바싹 붙었다.

"조용히, 조용히……, 보이지? 여자들?"

복자는 쉬쉬세세 하며 속삭였다. 복자 네와 한 우물을 쓰는 이웃과는 담이 없었다. 이쪽이나 저쪽이나가 한 마당처럼 이어있었다. 은영은 숨을 죽이고 침을 참았다. 가슴이 두근거렸다.

그곳에는 여자들이 많았다. 색은 각각 달랐지만 모두 한복을 입고 있었다. 그러나 은영은 자기 엄마가 입는 한복과는 다른 느낌을 받았다. 어쨌거나 그 여자들은 부산하게 이리 저리 움직였다. 치맛자락을 거머쥐고 엉덩이를 흔들거리며 다녔다. 아예 치마를 펄럭대며 이리저리 달리기도 했다. 한쪽에서는 껌을 씹으며 머리를 빗기도 했다. 화장을 하느라 턱을 들고 요리조리 돌리며 거울을 보는 여자도 있었다. 마루 끝에 걸터앉은 여자들은 바글바글 볶아댄 머리를 틀어 올린 채, 시뻘건 입술로 담배를 피우고 있었다. 이러거나 저러거나 모두 소리 내 웃어가며 떠들고 있었다.

"야, 잘 보여? 남자들도 있어?"

복자도 다른 문구멍에 붙었다.

"나왔다, 뚱보! 야, 보이지?"

은영은 자세히 보았다. 아는 얼굴이었다. 그 뚱보는 여름이면 은영의 집에 보신탕을 배달해 주는 그 집 사장이었다. 그는 터질 듯 불거진 배에 목이 없고 작달막했다. 마치 운동회 때 굴리는 공처럼 굴러다녔다. 그는 자기 앞에서 몸살 난 칠면조처럼 꽁지를 떠는 여자들을 몰고 다녔다. 엉덩이를 치거나 어깨동무를 하기도 했다. 그럴라치면 칠면조들은 콧소리를 힝힝거리며 징글맞게 늘어진 면상을 내저었다.

'저 곳은 어떤 곳일까? 여자들이 힘든 일도 안하고 멋만 부리며 웃기도 하고, 담배를 피워가며 떠들고 놀다니, 재미난 곳일까?'

은영은 눈을 바꿔가며 구경했다.

"야, 그만 보고 이리와 봐! 이거 보여 줄게."

복자는 그녀를 잡아당겼다. 그리고는 문고리를 걸었다.

"저긴 어떤 집이야? 저 아저씨 우리 집에도 오시는데?"
"그래? 니네 집에 왜?"
"여름에 보신탕 갖고 오셔."
"그래? 거기? 낮에는 보신탕이랑 음식 팔고 밤에는 술집이야. 이거 봐, 우리도 해보자!"

복자가 방구석에 놓인 곡식자루 뒤에서 주머니 하나를 꺼냈다. 꾀죄죄한 그 속에서 손가락 마디만한 눈썹연필과 거의 빈 통이나 다름없는 입술연지가 나왔다. 복자는 새끼손가락으로 간신히 연지를 파냈다. 그리고는 조아린 입술에 살살 문질렀다. 이번에는 몽당눈썹연필로 눈썹을 진하게 그렸다. 요즘 박씨네 모습과 아주 흡사했다.

"너도 해봐. 내가 그려 줄게!"

은영은 얼른 입을 가리고 도리도리 고개를 흔들었다.

"괜찮아. 금방 지우면 돼."

복자는 자꾸 부추겼다. 은영은 성탄절잔치 때 선생님이 해주던 화장을 떠올랐다. 그리고 마지못한 듯 얼굴을 내밀 었다.

"됐어. 큰 거울로 보자!"

복자는 거울 앞으로 은영을 데려갔다.

'헉! 세상에~, 이게 뭐야?'

성탄절 때 했던 화장이 아니었다. 귀신처럼 흉물스러웠 다. 은영은 얼굴을 들 수 없었다. 그러나 복자는 볼에도 연 지를 바르고 눈에도 새까맣게 원을 그렸다. 그보다 더 흉 물스러운 건, 그 모습으로 칠면조들 흉내를 내는 것이었다. 몸을 뒤틀고 꼬며 '히~'하고 웃었다.

"야아, 하지 마! 우리 엄마 아시면 큰일 나, 니네 집에 다 신 못 와. 이거 닦을래. 씻어야 해!"

둘 뿐인 방에서 은영은 얼굴을 가리고 복자를 제대로 바라보지도 못 했다.

"알았어. 이걸로 닦으면 돼!"

복자가 다시 방구석 뒤에서 뭉쳐진 수건을 꺼내왔다. 이미 여러 번 닦아서 검거나 붉은 얼룩이 지저분하기 이를 데 없었다. 게다가 지릿한 오줌냄새도 났다. 복자는 침을 듬뿍 묻혀 꼼꼼하게 닦았다. 은영은 속이 역겨워 인상을 썼다.

"으이~ 더러워! 난 세수하러 갈래!"

침으로 열심히 닦은 복자 얼굴도 제대로 돌아오려면 아직 멀었다.

"알았어. 살금살금 따라와~"

둘이는 부엌에 들어가 다시 문을 걸고 야무지게 박박 씻었다. 둘 다 얼굴이 벌겋게 부었다. 그러나 코끝은 등불처럼 예쁘게 빛났다.

칠면조들 얼굴 흉내 내기는 박씨네도 마찬가지였다. 시뻘건 입술이나 굵고 검은 둥근 눈썹이 그랬다. 한복만 차려입지 않았지 담배를 피우는 것도 그 여자들과 같았다. 물론 남편 박 씨가 살아있을 때는 전혀 볼 수 없던 일이다. 지금 그 꼴을 하고 가게를 지키리라고는 아무도 생각할 수 없었다. 이웃들은 과부라 그렇거니 하고 수군거리기나 했다. 그것을 멋이라고 내고 있는 박씨네를 측은해 했다.

그러나 은영 엄마는 달랐다. 복자하고 친하게 지내는 것을 적극 도왔던 것이 후회됐다. 박씨네 소문이 너무 자자했기 때문이다. 그렇다고 둘을 갈라놓기도 어려웠다. 갈수록 속이 탔다. 서울에서는 집이 잘 지어지고 있다지만, 이사까지는 아직 멀었다. 은영 엄마는 여러 가지 궁리에 힘썼다. 두 소녀가 공부는 은영의 집에서만 하도록 했다. 바쁜 복자네 집에 은영이 까지 가 있으면 박씨네가 힘들 것이란 이유가 공식적인 것이었다.

어쨌거나 아이들은 어른들 말을 들어야 한다는 것 말고는 아무런 의문이 없었다. 넓은 마당에서 놀기도 하고 맛있는 간식도 먹고, 조용하게 공부할 수 있으니 복자도 마냥 좋기만 했다. 그래도 동생들을 잘 살피며 제 엄마를 잘 도왔다.

어른들의 몸살

*1967년

요즘 들어 어른들이 부쩍 시끄러워졌다. 아직 모내기가 다 끝나지도 않았는데, 곳곳에 모여앉아 막걸리를 마시며 큰 소리로 떠들었다. 그러다 언쟁이 심해지면 멱살을 잡고 싸우기도 했다. 여자들은 일하랴 아이들 키우랴 손이 모자라 발버둥 치는데, 남자들은 소리를 지르며 떠들고 놀았다. 호남지역이 어떻고, 영남지역이 어떻고, 전국을 들먹이며 떠들었다. 또 '독재는 무슨 수를 써서라도 막아야 한다.'는 둥, 모이기만 하면 시끌벅적 야단이었다. 그렇게 떠들다가도 모자라는 것이 있으면 몇몇씩 무리 지어 동진이네로 몰려갔다. 그 애 아버지 이 씨는 복자 오빠가 다니는 중학교 교장이었다. 마을 사람들은 어떤 어려운 일이 생기거나 궁금한 일이 있으면 곧잘 이 교장을 찾아갔다.

하지만 은영이나 복자는 어른들 하는 일에 아무런 관심이 없었다. 어른들은 항상 인상 쓰며 신경을 곤두세우고 싸웠다. 어려운 일만 갖고 있었다.

둘이는 칡뿌리를 씹으며 호젓하게 걸었다. 도란도란 킬킬킬 재미나게 걸었다. 집으로 바로 갈 수 있는 길을 두고 낯선 마을로 돌아갔다. 그녀들은 낯선 산천을 즐기며 낯선 논밭 길을 즐겼다. 가다가 동진이네 집에 이르렀다. 사람들이 여럿 모여 있었다. 그들은 동진이네 담벼락을 들여다보며 웅성웅성 떠들고 있었다. 둘이는 호기심으로 그들 무리 앞에 멈추었다.

"참말로, 대통령 뽑는 거? 그거 혀보나 마나지 뭐여? 괘안이 일손만 망친 당게?"
"그렇게 말여. 황소같이 밀어붙여도 아, 지난 번 마냥 우덜을 푸대접헐 께 뻔허잖여?"
"그려도, 보릿고개니 춘궁기니 허는 것들을, 그 뭐시냐, 그 경제개발5개년 계획 덕으루다 시방은 모르고 넘어가잖여?"
"그러긴 혀, 수출 늘어나는 것도 기냥 넘길 일은 아닝거

가터. 우리 사는 게 쬐께 나졌응게."

"혀도, 잘 뽑아야 혀!"

어른들은 진지하게 주고받으며 머리를 조아렸다. 그들
사이로 보이는 담벼락에 커다란 사진들이 붙어있었다. 거
기에는 튼튼한 황소 그림도 있었고, 박정희, 윤보선 하는
이름과 1, 2, 3, 4 숫자들도 크게 씌어있었다.

"남자들은 좋겠다. 대통령도 할 수 있고. 그치?"

은영은 입을 삐죽이며 복자를 끌어 당겼다. 어른들의 복
잡한 심사를 벗어나고 싶었다. 자기들과는 전혀 별개라는
듯 나풀나풀 걸었다. 민들레가 씨앗 뭉치를 안고 하얗게 한
들거리는 논둑을 걸었다. 낯선 햇살아래 낯선 바람이 불었
다. 논바닥 물속에 포르락거리며 올챙이들이 놀고 있었다.
둘이는 빠지지 않게 조심하며 아래로 내려갔다. 왕도 없는
올챙이 왕국에서는 각자가 나름대로 잘 놀고 있었다.

"은영아, 얘들도 대통령 뽑을까? 아니면 왕인가? 어디
…… 누가 왕 노릇하고 있는지 보자……."

복자는 검정 고무신 한 짝을 벗어 들었다. 물속을 살살
살피다가 고요한 왕국을 확! 훑었다. 신발짝 안에 요동치는
올챙이 세 마리가 담겼다. 은영은 그 재주가 참 좋다고 감

탄했다. 올챙이들은 힘차게 꼬리를 흔들었다. 벌써 펄떡거리며 몸부림쳐서 한 마리는 밖으로 튀어나왔다. 복자는 나머지를 손바닥으로 잘 가렸다. 은영은 떨어진 올챙이를 물속으로 던졌다. 집으로 오는 길에 은영은 마음이 불편했다. 먼 듯 가까운 곳에서 꾸악거리는 개구리 울음소리가 들려왔기 때문이다. 아랑곳 하지 않고 콧노래를 부르는 복자 뒤로 은영이 따라갔다. 아무래도 즐겁지 않았다.

"복자야, 그 올챙이들 도로 쏟아주고 가자."

하지만 복자는 들은 척도 안했다. 룰루랄라 흥겹게 노래하며 걸어갔다. 개구리 울음은 갈수록 더 요란하게 들려왔다. 떼거지로 몰려올 듯 뒤가 켕겼다. 은영은 복자 앞으로 달려갔다.

저만큼 보이는 복자네 가게 앞에도 사람들이 많이 모여 있었다. 그러나 아까 보았던 어른들과는 달랐다. 그들은 조용하면서 부산스러웠다. 아마도 황소 말고 용이나 봉황 같은 기이한 동물이 붙은 모양이었다. 가게 옆으로 동진이네 까만 지프도 보였다. 이번에도 이 교장이 나타나 '경제개발'이니 '수출실적'따위를 설명하는 모양이었다. 그런데 그 분위기가 사뭇 이상했다. 대부분 사람들이 질금질금 울어가며 코를 풀고 있었다. 더러는 불그레한 눈시울로 고개를 숙이고 있었다. 또는 뻑뻑 대며 담배를 빨고 그 연기를 길게 내뿜기도 했다. 마치 이 교장에게 단단히 혼나기라도 한 듯했다.

"참말로……, 하늘도 너무 허신당게."
"그렇게 말여어. 근디, 왜 해필 이집이댜?"

어디에선가 울어대던 개구리 소리가 갑자기 복자 귀에서 쩌렁거렸다. 그녀는 여태 잘 들고 오던 고무신짝을 팽개치고 사람들 사이를 파고 들어갔다. 고무신짝과 함께 나가떨어진 올챙이들이 인절미마냥 흙고물을 묻히며 몸부림쳤다.

가게 안에 쌀가마니 한 장이 덮여 있었다. 그것을 쓰다듬고 두드리는 박씨네 찢어지는 통곡이 처절하게 울려났다. 그 옆에는 이 교장이 사색이 되어 엉거주춤 서 있었다. 그는 두 손을 얌전히 모아 잡고 서서 노총각 김 순경이 하는 말에 고개만 끄덕거렸다. 요즘 들어 부쩍 면사무소 출입이 잦았던 이 교장이었다. 그러던 어느 날, 그는 까맣게 번들거리는 지프를 몰고 나타났다. 종일 있어봐야 마차나 소달구지만 덜그럭거리는 신작로에, 그것은 부옇고 케케한 흙먼지를 일으키며 사람들을 놀라게 했었다.

쌀 배달을 당연한 자기 몫으로 알고 학교가 끝나면 저녁 늦게까지 마을을 누비던 복자 오빠였다. 그 날은 좀 더 무거운 쌀가마를 싣고 나갔다. 그가 다니는 학교 문 앞을 지날 때, 이 교장 지프가 빵빵거리며 달려왔다. 복자 오빠는 너무 놀라 자신도 모르게 뒤를 돌아보았다. 그러자 쌀가마가 기우뚱거리며 자전거와 함께 쓰러졌다. 지프는 눈이 없어 사람을 치고도 저만큼이나 가서야 멈추었다. 복자 오빠는 하필 도로 쪽으로 넘어져 그대로 차에 깔리고 말았다.

박씨네 통곡은 갈수록 서러워졌다. 아들을 부르던 통곡이 자신의 신세한탄으로 이어졌다. 불쌍한 아들보다는 자신이 어떻게 살아야 할지를 원통해 했다. 오빠가 그리운 복자는 오빠를 부르며 울었다. 동생들의 겁먹은 울음까지 슬픔은 마을을 적시고 흘렀다. 노을의 눈시울도 붉게 물들어 마을을 온통 울리고 있었다.

"이런 일루다 울 때는 기냥 냇사둬야 혀어. 말리먼 병 된당게?"
"그려어, 우리는 싸게 준비나 허야지. 이집에 사람이 없응게."

어른들은 혀끝을 차며 장례준비를 시작했다. 그런 복자네 가족을 남겨두고 은영은 징징 울어가며 집으로 돌아왔다. 소식을 들은 그녀 엄마도 눈물을 흘리며 불안한 마음을 움켜쥐었다.

그 후로 며칠 동안, 이웃 똥보가 복자 집에 들락거렸다. 넋이 나가 힘없는 박씨네를 돕는다는 명목이었다. 때로는 아내를 시키기도 하고, 때로는 심부름하는 꼬마둥이를 시키기도 하며 밥 쟁반을 날랐다. 뿐만 아니라 무거운 쌀 배달을 돕기도 했다. 그럴 때면 흡사 자기가 가게 주인처럼 열심을 내며 즐거워했다. 홀아비 아니고서야 아무 탈이 없으면 그게 더 큰 탈이었다. 하루, 이틀, 길어야 일주일이겠거니 꼴을 보던 뚱보네가 참지 못해 복자네 가게로 쫓아왔다. 무지하게 참았노라며 입을 앙다물고 분을 쏟아냈다. 악을 쓰고 소리를 지르며 온몸을 박박 흔들어댔다. 박씨네에게 끝없는 삿대질로 윽박질렀다. 바락바락 미친 듯이 악을 쓰며 욕설을 퍼부었다. 그런 일은 매일 거르지 않고 일어났다. 급기야 뚱보네가 박씨네 머리칼을 움켜쥐고 요동을 쳤다.

  "내가 더는 안 참는다고 말했잖여 이년아아? 어따 대고 꼬리질이여어?!왜 넘으 서방을 불러대쌌는 거셔?!"

  사람들은 이제 말리지 않았다. 어쩌면 말릴수록 더 심해지는 느낌도 들었다. 박씨네는 매일 술에 취해 흐늘거렸다. 울었다, 웃었다, 급기야 정신병이 났다는 소문이 돌았다. 그것은 민들레 씨앗처럼 멀리로 퍼져나갔다. 어제는 어땠고 오늘은 어땠는데, 내일은 어떨 것이라며 수근 거렸다.

  소문을 들을 때마다 은영은 가슴이 아팠다. 작은 자책에 온몸이 쪼그라들었다. 그 때, 잘 있으라는 인사도 못하고 돌아온 것이 내내 미안했다. 복자를 안아주지도 못하고 몰래 온 것이 불편했다. 복자는 며칠이 지나도 학교에 나오지 않았다. 교회에도 오지 않았다. 은영은 멀리서만 복자네 집을 바라봤다. 걔네 집이 뭔가 무섭기도 했다. 그런 복자네 비운은 온 마을의 슬픔으로 젖어 있었다. 봄비도 속이 상했는지, 미친년처럼 떠들고 웃는 아카시 꽃들을 이리저리 패대기쳐버렸다.

'하느님, 정말 알 수 없어요. 교회 선생님은 복자 아버지와 오빠가 천국에서 더 필요한 사람이라 일찍 데려가셨다고 하는데, 그건 하느님 욕심이에요. 제가 보기에는 복자네 집에서 더 필요한 사람들이에요. 그리고 천국에서 편히 쉬게 해주려고 그랬다는데, 그 바람에 복자 엄마만 혼자 힘들어서 병이 났어요. 그럼, 이제 복자 엄마도 천국에 데려가 쉬게 하실 건가요? 그건 하느님이 잘못 생각하신 거예요. 더 꼼꼼히 생각해보세요. 그렇게 되면 복자하고 동생들은 고아가 될 텐데, 그건 정말 안되는 일이에요. 우리 마을엔 고아원도 없어요. 저는 참슬퍼요. 복자와 헤어지기도 싫고요. 그러니 제발 하느님이 잘 생각해보세요. 천국에서 필요한 사람은 죽은 사람들 중에서 고르시면 되잖아요.'

은영은 열심히 빌고 빌었다. 복자 엄마와 복자와 그녀 동생들을 위해서.

서글픈 옛 우정

*1997년

1년 전, 기도원에서 우연히 복자를 만나고 다시 찾아가는 길. 복자와 헤어진 지 근 30년이나 된 지금, 그것을 아직도 우정이라고 말 할 수 있는지. 더구나 헤어질 때 인사조차 제대로 나누지 못했는데. 그때는 어리고 세상을 몰랐지만, 은영은 내내 마음에 걸렸다. 아프고 괴로울 때 함께 나누며 위로하지 못했기 때문이다. 지금까지도 미안하고 염치없었다. 왜면하자면 그럴 수도 있었다. 오랜 세월 모르고 살았으니까. 그러나 알 수 없는 미련이 자꾸 복자를 생각나게 했다. 왜 그곳에 있는지 궁금했다. 그 서글픈 옛 우정을 찾아 나선 은영은 숨도 돌릴 겸 기도원 들머리에서 차를 세웠다. 한숨은 널리 퍼지고 시야는 자꾸 좁아졌다.

'어떤 편안함으로 복자를 대할 것인지……'

은영은 논둑에 쪼그려 앉았다. 손가락만한 모들이 털가는 백일 아기의 머리카락처럼 솔솔 날렸다. 비스듬히 내려진 논둑에는 옛 시절 복자와 함께 보았던 민들레들이 잉태의 모습으로 남아있었다. 그것들은 마치 개구리 알처럼 모습을 바꾸고 허옇게 흔들거렸다. 간혹 어느 바람에는 인사도 없이 바쁘게 떠나버렸다. 멀리 멀리로……. 논 속에는 올챙이들이 포르락거리며 놀고 있었다.

1967년 6학년 때, 복자 오빠가 죽던 날, 그날 흙바닥에 팽개쳐진 올챙이들이 떠올랐다. 복자 오빠의 죽음은 무엇으로도 형언할 수 없는 슬프고 괴로운 일이었다. 정말 생각하고 싶지 않은 고통이었다.

'어떻게 그럴 수가……. 왜 하필 복자 오빠를……. 복자네 가족들이 무슨 잘못을 그렇게 많이 했단 말인가……, 복자가 한 때 나를 괴롭혀서? 그건 말도 안 돼. 복자는 바로 뉘우치고 좋아졌잖아. 그럼 왜……'

생각에 빠졌던 은영은 잠시 후 일어나 무심히 사방을 둘러보았다. 야산 밑으로 자그마한 농가 몇 채가 조랑조랑 붙어있었다. 그 중 한 집 마당에 눈이 멈추었다. 한쪽 담 밑에 큼직한 모란들이 피어있었다.

　1968년 은영이 중학교 일학년 때, 가족들은 모두 서울에 가 살았으나 그녀는 친한 이웃집에 남아있었다. 서울에 있는 집 근처 여학교에 그녀가 들어 설 빈자리가 없었기 때문이다. 그녀가 머물고 있는 친한 이웃은 '장미원'이란 화원을 경영하고 있었다. 넓은 땅에는 귀하고 예쁜 꽃들이 참 많았다. 특히 장미는 종류만도 수십 종이 넘었다. 그 동네 어디에서도 볼 수 없는 귀한 장미들이 아주 많았다. 또 수국이나 튤립, 패랭이 등, 다양한 꽃들이 아주 많았다. 그 중에 모퉁이를 차지하고 있던 모란꽃이 생각났다. 그 모란과 장미와 꽃들을 한 아름 꺾어 안고 학교에 가던 일도 떠올랐다. 미술선생님이 꽃을 좋아해서 월요일이면 그렇게 꽃다발을 들고 학교에 가곤 했다. 그 때는 아침저녁으로 제 시간에 맞추어 기차를 타고 다녔다. 기차는 앞 세 량에 학생들을 가득 태우고 나머지는 짐들을 실었다. 그러나 학생들은 엄청나게 많았다. 남학생들은 문 입구에 매달려가는 경우가 허다했다. 은영은 그 와중에 꽃들이 이지러지지 않게 하려고 무척 애를 썼다. 어찌나 고생이던지 다음엔 말아야지 하면서도, 그 다음 월요일이면 또 꽃다발을 들고 기차를 탔다. 기차를 기다릴 때 동진이를 피하려 꽃다발을 얼굴 높이로 가리던 일도 생각났다. 그렇게 몸살 나게 좋았던 동진이었어도, 그녀의 변덕에 따라 이젠 하등 별 것도 아닌 존재가 되어버렸다. 한 여름 무더위에 소나기처럼, 끓었던 그 애에 대한 열정이 매정하게 식어버렸다. 오히려 환멸로 바뀌었다. 어쩌다 마주치면 불쾌하고 짜증났다. 그 흐릿한 눈빛이 역겨웠고, 괜스레 주저주저하는 몸짓도 지겨웠다. 번들거리는 얼굴에 불긋불긋 돋아난 여드름도 징그러웠다. 꽃다발 뒤에 숨은 마음은 제 눈에서 그 애만 안 보이면 그만이었다. 그래도 오래 안 보이면 은근히 그 애를 찾기도 했다. 또 보이면 그렇게 진저리를 쳤다. 마치 싫어하기를 즐기는 것처럼. 알 수 없는 심사였다.

은영이 도시로 학교를 다니면서 복자와는 자연 멀어지게 됐다. 일요일이나 휴일이면 공부하느라 숙제하느라, 교복 손질하느라 바빴다. 새로운 세계에 들어간 은영은 복자를 생각할 틈이 없었다.

그럴 즈음. 복자는 가슴 속 중병을 앓고 있었다. 집안 사정이 그러니 은영과 약속했던 이웃의 명문 여중은 포기해야 했다. 다행히 마을에 있는 상업학교는 갈 수 있었다. 집에서 가까웠고 장학생이라 등록금 걱정은 없었다. 하지만, 은영과 동진이 날마다 같은 기차를 타고 좋은 학교에 다니는 것이 슬프도록 부러웠다. 자신의 현재가 너무 처량하고 억울했다. 생각할수록 불쌍하고 괴로웠다. 남몰래 울고 또 울었다. 자신에게서는 뺏는 것도 많고 슬픈 고통만 주는 하느님이, 은영에게는 좋은 것만 더해 주신다고 생각했다. 힘없고 가여운 약자의 편이라는 하느님이 복자에게는 원망의 대상이 되어버렸다. 그래도 행여나, 동진이가 나타날 시간이면 담 너머를 살펴 기다렸다. 원망의 하느님께 다시 용서를 빌었다. 소망을 가지고 기도하면 언젠가는 자신의 소원을 들어 줄 것 같았다.

"하느님, 원망해서 죄송해요. 다시는 안 그럴게요. 그러니 제발 저를 도우셔서 동진이를 보게 해 주세요. 그 애가 좋아요."

복자의 기도는 참으로 간절했다.

드디어 여름방학이 되었다. 은영은 기다리던 서울로 갔다. 친구 사이에 그래서는 안 되겠지만, 복자에게는 행운이고 기쁜 일이었다. 이제 동진의 마음을 잡을 수 있을 것 같았기 때문이다. 어차피 근래에는 은영과 얼굴 보며 인사를 나눈 기억도 없었다. 은영이 어서 떠나기만 바라고 바라던 복자에게는 속 타게 빌던 시간이 무지하게 길고 길었다. 그래도 은영은 떠나며 편지하자고 약속했다.

누구 마음 헤아릴 것 없이 방학은 제 때에 다 지나갔다. 은영은 가고 없어도 학생들은 여전히 기차를 타고 다녔다.

아침마다 동진을 훔쳐보는 복자 설렘도 다시 시작됐다. 소망을 가지고 간절하게 빌면 언젠가는 동진이 자신을 알아주리라 믿었다. 그 간절함이 아침마다 복자를 담벼락에 매달리게 했다. 하지만 그 설렘도 기다림의 행복도 복자 삶을 외면한 채 뿌리를 흔들고 있었다. 어쩌다, 정말 긴 가뭄 끝에 겨우 콩 싹이 난 것처럼, 어느 날 마주친 그 애는 복자에게 모질게 냉정했다. 모자 챙 밑으로나마 한 번 힐끗 봐주기를 마다했다. 예전에 은영이가 그 애를 보고 그랬듯, 그애도 복자를 보고 그랬다. 멀리서도 몸을 숨겼다. 아예 딴길로 돌아섰다. 동진의 허전한 가슴 속에는 오직 은영이만 들어있었다.

세월은 잘도 흘러 2년이 지났다. 복자는 갈수록 우울하고 괴로웠다. 친했던 은영은 이웃 도시도 아닌, 꿈에도 그려보지 못할 서울이라는 대도시로 떠났다. 가히 상상도 할 수 없는 굉장한 도시에 가서 산다는데, 자신은 시골에 머물고 있음이 서글펐다. 반갑게 기다리던 은영의 편지는 복자를 슬프게 만들었다. 게다가 반응도 없는 머슴애를 흠모하며 애간장 태우는 것이 너무 초라했다. 집도 싫고 학교도 싫었다. 산다는 것 자체가 무의미하고 힘들었다. 어디로든 그냥 떠나고 싶었다. 죽는 것이 무엇이고 사는 것이 무엇인지 생각하기도 싫었다. 만약 어딘가로 떠나간다면 꼭꼭 숨어있고 싶었다. 자신을 알아보지 못하는 곳에서 다 잊어버리고 웃고 싶었다. 환하게 웃고 있어도 돌았다고 흉보지 않는 낯선 곳으로 가고 싶었다. 엄마도 동생들도 너무 버거웠다. 찾지 못할 멀리로 도망가고 싶었다. 복자는 짧은 밤사이 긴 편지를 썼다.

‘엄마, 엄마아~’

복자는 쏟아지는 눈물을 내버려 둔 채 슬픔을 마구 써 내려갔다. 그러나 더 이상 쓸 수 없어 멈추고 말았다. 술 취한 엄마가 홀로 남아 하루하루 사위어가는 모습이 어른거렸다. 어린 동생들이 코를 흘리며 늘어진 엄마를 붙들고 보채는 모습이 일렁거렸다. 거미줄이 가득한 집이 떠올랐다. 도저히 매정한 마음을 가질 수 없었다. 그러나 이를 물고 다시 썼다.

‘그러나 엄마, 오래 오래 건강하게 사세요. 안녕히 계세요.’

검푸른 하늘을 향해 수탉이 목청을 떨어댈 즈음, 복자는 자신도 모르게 스르르 눈을 감았다. 그 눈에서 눈물이 흘러내렸다. 그녀는 퉁퉁 부은 눈을 감고 잠을 걸으며 웅얼거렸다.

‘엄마 때문이야아, 엄마 때무운……’

뭔가 쩌렁쩌렁 울리는 고함소리와 물건들이 박살나 뒹구는 소리가 났다. 꿈속인지, 현실인지, 그 소리가 얼마나 크고 시끄러웠는지 복자는 벌떡 일어났다. 반사적으로 문을 벌컥 열고 나섰다. 해는 벌써부터 떠올라 불꽃을 돌렸고, 동생들은 겁에 질려 울고 있었다.

뚱보네가 들어 서 있는 박씨네 방 역시 울음통 터진 발악이 한창이었다. 복자는 그대로 얼어붙었다. 뚱보네가 질러 대는 욕설과 고함이 벽지를 갈기갈기 뜯어냈다. 그야말로 제정신이 아니었다. 간밤에 사라진 뚱보와 박씨네를 향해, 찢었다 죽였다, 육시를 했다 하며 갖은 욕을 퍼부었다. 악을, 악을 써 목이 갈라졌다. 마을 사람들은 또 다시 복자네 가게 앞으로 모여들었다. 여자들은 복자엄마를 욕했다. 나쁜 년이라고. 애들을 버리고 도망간 피도 눈물도 없는 년이라고. 더러는 뚱보를 욕했다. 또 더러는 뚱보네를 욕했다. 다들 눈물을 질금거렸다. 남자들은 또 담배만 빨아 날렸다.

'이럴 수가……. 또 고통스러운 일이 내게 일어나다니. 차례로, 차례로 나를 떠나가다니…….'

복자는 선 채로 굳어버렸다. 눈물도 나지 않았다. 물끄러미 동생들을 바라보았다. 바글바글 셋이서 복자를 쳐다봤다. 복자는 깊게 한숨을 날렸다.

'하느님, 정말 웃겨요. 예전에 은영이를 미워하고 괴롭혔던 일은 이미 용서 된 것 아니었나요? 잘못 했다고 뉘우치며 회개하면 죄가 없어진다더니, 거짓말이었네요? 약하고 불쌍한 사람들의 기도는 더 잘 들어주신다던 것도 거짓말이었어요. 정말 이러실 거예요? 왜 나만 미워하냐구요?! 나보고 어쩌란 거예요? 나도 앞으로 어떻게 할지 모르겠는데, 저 동생들을 어떻게 보살펴야할지 하나도 모르겠는데, 하느님 뜻대로라면, 하느님이 책임져요!'

복자는 바닥에 퍼지게 앉아 끝내 대성통곡을 해댔다. 발을 비비고 굴렀다. 매달리는 동생들을 끌어안았다. 서로 우는 얼굴을 보며 더 섧게 울었다. 교회는 재미로 대충 놀러 갔지만, 때로는 진심으로 기도도 했었다. 하지만 지금의 하느님은 완전 거짓말쟁이요 위선자였다. 복자에게는 악하고 몹쓸 신이 되었다. 미지근하게 믿어오던 하느님을 그녀는 그날로 외면해버렸다.

'다 소용 없어. 모두 바보야. 살기는 뭐가 살아? 하느님? 볼 수도 없는데 어디에 살아? 다 필요 없어. 차라리 개똥이나 믿으라지!'

복자는 이를 갈았다.

행복이라 생각 했어

*1970년

복자 엄마가 이웃 뚱보와 도망가고 난 후, 동생들은 모두 고아원으로 가야만 했다. 혼자 남은 복자는 동진이네로 생활을 옮겼다. 이 교장의 뜻에 따라 마을 사람들이 완전하게 찬성했기 때문이다. 고등학교까지 잘 마치고 취직하면 동생들을 찾아 와 보살필 수 있다는 조건이었다. 당장은 가슴이 아팠지만 복자는 이를 악물고 희망을 품었다. 열심히 공부해서 학교를 졸업하면 바로 취직하겠다고 마음먹었다. 그래서 불쌍한 동생들을 찾아와 즐겁게 살겠다고 다짐했다. 더해서 은근히 좋아죽었다. 미치도록 좋았다. 철딱서니 없다

말해도 괜찮았다. 얼마나 신나고 기뻤는지 슬픔을 다 잊을 정도였다. 이젠 하느님이 정신없이 좋았다. 고맙고 고마웠다. 확실히 살아계신 것이 맞았다. 자신의 기도를 들어주셨다고 믿었다. 동진이를 매일 볼 수 있다는 생각으로 그랬다.

하지만 그녀 생활은 감사와 고마움의 반 푼어치도 안 됐다. 어느 때 한 번이라도 동진이네 가족들과 식사를 한다거나 웃을 일은 없었다. 이 교장 네 사람들은 복자의 존재에 대해 전혀 시큰둥했다. 주인 없는 개라도 맡아 둔 냥 그랬다. 그러나 사실 개라면 어떠랴. 그녀는 동진이네 울안에서 산다는 그것 하나로 배냇병신마냥 행복했다.

마당 뒤꼍에 있는 별채, 그 중 한 칸의 방을 얻었다. 군불이나 지피는 아궁이가 있는 헛간에 방 하나가 전부이니, 실히 말하자면 제 방을 얻은 것도 아니었다. 그것도 부엌일을 맡아하는 곰보네와 같이 쓰는 것이라 비좁기 그지없었다. 아무럼 어떠랴, 복자는 마냥 즐거웠다. 행복했다. 사랑 많은 곰보네는 오십이 다 되도록 아는 것이 없었다. 밥하고 빨래하는 것 말고는 세상을 몰랐다. 그래도 피붙이가 없어 복자를 딸처럼 품어 줬다. 복자는 제 엄마에게서 느껴보지 못했던 따스하고 보드라운 사랑을 받았다. 생각할수록 천국에 다시 태어난 기분이었다. 학교 갈 때면 머리도 땋아 주고 정성으로 도시락도 싸 주었다. 교복이나 운동화도 깨끗하게 빨아 줬다. 또 저녁이면 다정다정, 자신의 어릴 적 이야기나 살던 마을 이야기들을 들려줬다. 복자는 곰보네 에게 한글을 가르쳐주었다. 하나하나 깨우칠 때마다 곰보자국에 기쁨을 가득 채우고 웃었다. 슬픔이 끼어들 틈이 없었다. 곰보네 사랑에 복자는 포동포동 사춘기를 살찌워 갔다.

곰보네 사랑보다 더 좋은 환상, 영원히 깨어서는 안 될 천국의 꿈! 염치없게도 자신의 필요에 따라 밀었다 당겼다 했지만, 복자는 분명 하느님의 축복이라 생각했다. 이름값으로 복을 받았다고 좋아했다. 날마다 동진을 볼 수 있다는 것, 먼발치에서지만 그것은 더 없는 행복이었다. 쫀쫀하고 날렵한 몸매로 야구방망이를 휘두르는 모습. 집념 강한 사나이 눈매를 하고 훅훅 숨을 내쉬며 샌드백을 툭탁거리는 모습. 그것은 복자에게 매력적인 남자 내음을 흠뻑 느끼게 했다. 아주 넋이 나가도록 좋았다.

어느 날, 뒤꼍을 서성이던 동진이가 복자를 보고 씩 웃었다. 세상에 이런 일도! 그녀는 현기증을 느꼈다. 거의 쓰러질 지경이었다. 양다리 오금이 풀리며 주저앉을 뻔했다. 그러는 복자에게 동진이가 다가왔다. 그리고는 손을 쓱 내밀며 쪽지 한 장을 보였다. 그녀 동공이 커졌다. 꼴딱 멈추려는 숨을 어찌 해보기 어려웠다. 그때 그는 또 다시 씩 웃으며 돌아섰다. 바들거리느라 미처 쪽지를 받지 못하자 그는 복자 주머니에 질러 넣었다. 그리고는 어깨를 흔들며 떠났다. 엉덩이를 실룩이며 건들건들 가고 있었다. 복자는 한참을 멍청하게 서있었다. 동진이가 들어왔던 주머니에 손을 넣고 허벅지를 더듬었다. 질질 새는 침을 삼킬 수가 없었다.

'그 애가 내게로 다가와 나를 만지고 가다니……'

복자는 착각에 빠졌다. 스치기만 했어도 그렇게 믿고 싶었다. 그렇다고 믿었다.

'토요일 오후 4시. 철길 넘어 새터로 나와.'

복자는 그 쪽지 한 장을 가슴에 품고 하늘을 날고 있었다. 문지르고, 문지르고 또 쓰다듬었다. 눈을 감고도 읽고 뜨고도 읽었다. 앉아서도 웃고 서서도 웃고 자면서도 웃었다. 낼, 모레, 토요일을 기다렸다. 그때까지 종이가 뭉개지도록 읽고, 읽고, 또 읽었다.

그 후로도 계속, 복자와 동진이가 얼굴을 마주하고 있으려면 그렇게 멀리로 나가야 했다. 어느 마을 누구인지 알아보지 못할 먼 곳일수록 좋았다. 그렇게 나가 아무도 없는 솔밭이나 수로를 따라 걷고 걸었다. 그러나 만나긴 했어도 딱히 나눌만한 얘기는 없었다. 동진이는 할 말을 가둔 채 한숨을 자꾸 내쉬었다. 수로 둑에 앉아 흘러도, 흘러도 제자리인 수초를 바라보기만 할 때도 있었다. 그래도 복자는 좋았다. 더 무엇을 바랄 생각도 나지 않았다. 어쩌면 조용한 그대로가 더 좋기도 했다.

'아무렴 어때. 동진이와 같이 있는데……'

복자는 무조건 좋았다. 그러다 보니 일어서다 손을 스치기도 하고, 살짝 비틀거리며 서로 잡아주기도 했다. 그러다 흙먼지도 털어 주고, 마주 보며 웃기도 했다. 그녀는 그것을 사랑이라고 생각했다. 자기 환상 속에서 끙끙 앓던 일방의 사랑이 아니라 서로 나누는 사랑이라고 생각했다. 동진이는 복자와 손을 잡기도 하고 안아주기도 했다. 그녀는 갈수록 풀어졌다. 여자 냄새를 풍기며 사뭇 꼬리를 쳤다. 그러자 동진의 마음 방향이 엉뚱하게 흘러갔다. 부모님 몰래 뒤채로 빠져 복자네 방에 들어갔다. 곰보네로부터 온 사랑과 동진이란 남자에게서 온 사랑은 복자에게 색다른 삶을 안겨주었다. 그 사랑의 불씨는 가는 콧숨에도 바르르 타들어갔다. 곰보네는 눈치 빠르고 충성스런 파수꾼이 됐다. 밤에도 그들을 도와 열심히 어둠을 살폈다. 뜬금없는 새끼줄에 소 방울을 달아 안채 길목에서 붙들고 졸기도 했다. 얼굴이 심하게 얽어 결혼도 못하고 늙어가는 곰보네는, 자신이 못해본 사랑을 응원이라도 하는 듯했다. 그들 사랑놀이에 가슴이 설레곤 했다.

사뭇 가깝게, 그리고 다정하게, 그리고 만져가며 복자와 동진은 익숙하게 사랑을 나누었다. 복자는 은영에게서 온 편지도 읽어 줬다. 단발머리에서 양 갈래로 땋아 내린 은영을 낱낱이 보여 줬다. 복자는 마치 유학 떠난 제 피붙이 자랑하듯 아껴가며 뽐냈다. 그리고 동진이란 남자, 그 남자의 가슴 속에는 자기만이 넘나들 수 있다는 자신감을 갖고 요염했다. 동진은 나름 자기가 원하던 바를 성취하며 속으로 즐길 때, 복자의 행복감은 목적지 없이 나선 허공의 구름처럼 둥실거렸다. 자신의 모든 보따리를 풀고 뜨겁게 끓어올랐다. 그녀의 사랑은 몸부림이었다. 나아가 매달림이었다. 그리고 장래도 볼 수 없는, 깨이지 않는 꿈속의 꿈이었다.

무더위 뒤에 소나기가 내리고, 한 철 지나면 다음 철이 오는 것이 자연의 순리이듯, 복자 인생의 순리도 메뚜기 같은 한 철을 보내고 있었다.

여고 졸업이 아직 일 년이나 남았는데, 그녀의 속절없는 사랑이, 행복을 잡겠다고 발버둥 치던 일방적 사랑이, 아이와 불행을 한꺼번에 잉태하고 말았다. 눈이 무르도록 충성을 다하며, 얇아진 심장을 움켜쥐고 쉬쉬하는 곰보네 정성은 차라리 측은했다. 비밀을 감추려는 그것은 목숨을 내건 듯 단호했다. 그 바람에 곰보네 꽁초 빠는 실력은 늘어만 갔다. 늙어가는 마당에 심장병이나 폐암 따위를 얻게 생겼다. 예사로운 문짝 흔들림에도 그녀는 기절 직전이었다. 깊은 망치 소리가 가슴 저 밑에서부터 울려 나왔다. 인기척 아닌 것에도 가슴을 쓸어 잡았다. 가끔 동공을 확대하며 귓바퀴를 흔들었다. 곰보네는 애처로우나 최고의 보안요원이었다.

　도둑도 손발이 맞아야 새벽 안에 한탕 쓸어올 텐데, 제 삶 하나 제대로 살아가지 못하는 복자는 심한 입덧을 해댔다. 부는 바람에도 냄새가 난다며 헛구역질을 했다. 곰보네는 급한 김에 자신의 꽁초에 불을 붙여 입에 물렸다. 하지만 복자는 그런 곰보네 냄새도 싫다 했다. 방구석 냄새도 싫고, 동진은 생각만 해도 구역질이 난다며 깩깩거렸다. 아이를 코로 가졌나, 웬 냄새타령이 그리 심한지 곰보네는 쉴 새 없이 안절부절 했다. 게다가 생명이 둘이나 붙었는데 내뱉는다고 굶길 수도 없었다. 그러나 복자는 숭늉 한 모금 먹이면 한 대접을 토해 냈다. 6.25 사변 이후, 곰보네에게 이런 난리는 처음이었다. 하지만 그 난리는 이제부터가 시작이었다.

　실로 오랜만이었다. 참으로 오랜만에, 동진이네 집에 오던 날 이후 2년 만에, 복자는 그 애네 부모와 마주 앉았다. 그 애 어머니 이씨네는 참으로 씩씩한 여장부였다. 아침 일찍부터 수첩 하나를 들고 온 마을을 누비고 다녔다. 마을 부녀자들에게 홀치기나 가발, 또는 속눈썹 짜는 일을 지도하고 살피는 일을 했다. 업체에게 부녀자들이 만든 물건을 전달하고 거액을 받았다. 그 중 극히 일부를 품삯으로 나누어 주며 그녀는 중간에서 거금을 챙기는 힘찬 여성이었다. 그런 힘찬 여성이 오늘은 맥이 하나도 없었다. 이를 앓고 있는 사자처럼 신음해가며 이를 악 문채 눈을 감고 있었다. 겨우 세운 무릎에 팔을 의지하고 이마나 지탱하며 쭈그러져 있었다. 간혹 이 교장을 향해 얼굴을 찌푸렸지만, 그를 말릴 생각은 없었다.

괴로움은 이 교장이 더했다. 안정제로 담배를 물었으나 물에 젖은 듯 뻑뻑 힘주어 빨고 있었다. 그 담배에서 밀려난 연기가 벌써 방안 그득하게 서려있었다. 좁은 방안에 분간 없이 서린 담배 연기를 곰보네는 심히 염려했다. 태중에 아기를 품은 복자가 아닌가. 그 옆에서 복자 코끝을 바라보며 마음으로만 손바람을 날리고 있었다.

불려온 복자는 찔리는 구석이 있어 조마조마했다. 숨을 죽인 채 그들의 잔소리를 기다리고 있었다. 이 교장 심부름으로 물을 떠온 곰보네가 얌전히 꿇어앉았다. 그녀 얼굴빛은 이미 퍼렇게 얼어 있었다. 물을 가져왔노라 말도 못하고 그냥 물 사발만 받쳐 들었다. 내민 손이 부들부들 떨렸다. 그 물 사발을 받으려고 이 교장이 '어흠!' 헛기침을 했다. 그 소리에 곰보네는 지레 겁을 먹어 자신도 모르게 화들짝 놀랐다. 물 사발은 속절없이 허공에서 뒤집혔다. 흩어진 물들이 곰보네 얼굴을 뒤덮었다. 안 그래도 평면이 없는 곰보자국을 더욱 선명하게 흘러내렸다. 내리는 물속에서 우는 것인지, 웃는 것인지, 곰보네는 입을 어물거리며 뒷걸음으로 문지방을 나갔다. 얼굴에 내리는 물이 아픔을 곱씹으며 심장으로 파고들었다. 이런 꼴을 당하자고 여태 살았는지, 그러자고 죽음의 천연두를 이겨내고 말았는지, 곰보네는 사는 것이 후회스러웠다. 견디고 살아온 세월이 허무했다.

복자 눈에서도 눈물이 흘러내렸다. 부풀기 시작한 배가 뻐근하게 저려왔다. 두려웠다. 자기 때문에 곰보네가 혼나는 것이 미안했다. 모든 것이 불안했다.

"허, 그 참⋯⋯."

앉은 자리를 돌리는 이 교장 입맛이 이래저래 씁쓸했다. 그는 한참을 창 밑으로 연기를 뿜어댔다. 그러다 남은 꽁초가 산산이 흩어지도록 비비고 또 비볐다. 그리고는 다시 새 것을 꺼내 물었다. 복자는 이 교장이 움직일 때마다 움찔움찔했다. 맞아죽을 것 같았다.

새로 불을 붙인 담배는 하늘거리는 연기를 솔솔 끌고 올라갔다. 그것은 '세상사는 일에 정해진 건 아무것도 없다'는 듯 여유로웠다.

드디어 이 교장이 입을 열었다.

"넘으 집 살강에 수저가 및 갠지 훤히 아는 여그서, 너를 어디로 보낼 거시여? 차라리 동진이 저 놈을 보내뻐려야지 어쩌것어?!"

말을 꺼낸 이 교장 설교는 한참이나 이어졌다. 더해서 이씨네 오장육부를 내건 사정과, 협박과, 실눈처럼 간교한 설득이 한참을 이어갔다. 그럴 때마다 문 밖 곰보네가 손을 내저으며 안절부절 눈물을 흘렸다. 하지만 복자가 알아듣고 기억하는 건 아무 것도 없었다. 다만 '그 놈을 서울로 보내버려야 한다'는 것 말고는. 그 애와 이별을 해야 한다는 못 박음 말고는 아무 말도 들리지 않았다. 다리가 너무 저리고 배가 아프다는 고통 말고는 아무생각도 하기 싫었다. 곰보네는 차마 멀리로 물러서지 못했다. 마음이 안 놓여 방문 언저리에 귀를 잡아맸다. 마치 자신이 벌 받는 것 같았다. 아니 그보다 더 아프고 아팠다. 쏟아지는 눈물을 훔쳐가며 억세게 속을 앓았다.

가란다고……, 떠나란다고. 그 허락을 받아내려고 애쓰며 기다리기라도 한 듯, 동진은 훌쩍 떠나갔다. 그리고는 가던 길로 그만이어서 복자를 아주 잊어버렸다.

은영도 복자를 잊어버린 지 꽤 오래였다. 그들은 자신에게 유리한 삶을 골라잡느라 복자의 삶을 상관할 겨를이 없었다. 누구 맘 헤아릴 줄 모르는 세월만 복자 시린 속을 파헤치며 자질구레하게 흘러갔다.

그래서, 기도원은…

제법 토속적인 풀내음이 진하게 스쳐왔다. 은영은 나불대는 봄바람을 의미 깊게 들이마셨다. 논둑은 허옇게 덮인 민들레 씨앗들로 가득했다. 마치 올챙이 알처럼 생긴, 그 널브러진 허연 털들이 그녀의 마음으로 날아들었다. 가슴이 아팠다. 그것들에게 잡혀 둑에 쪼그리고 앉았다. 씨앗 털끝을 톡톡 건드렸다. 때를 기다리기라도 한 듯, 씨앗들은 팡팡 터지며 바람을 타고 날아갔다. 인사도 없이 날아가 버렸다. 만남의 기약도 없이 떠나고 말았다. 그 옛날 헤어졌던 우정처럼 허망했다. 은영은 자리를 털고 일어났다. 가야했다. 그러려고 나선 길이니 어서 가자했다. 가서 정확히 알아내야 했다. 그것은 그녀와 태성이 살아갈 앞으로의 삶에 아주 중요한 일이었다.

좁고 구불거리는 길은 완전 일방통행이었다. 족히 50미터는 되는 긴 길이었다. 다행히 그녀가 가는 동안은 아무도 마주치지 않았다. 기도원 정문에 이르자 경비원 한 사람이 씩씩하게 달려 나왔다. 그는 안쪽 깊이로 차를 몰고 가라며 아예 산꼭대기로 손을 휘둘렀다. 아래 평지에는 이미 많은 차들로 빼곡했다. 은영은 비탈길에 겨우 차를 주차했다. 앞바퀴 방향을 길가 쪽으로 돌리고, 둘레에 있는 커다란 돌로 뒷바퀴들을 받쳐뒀다. 자갈밭으로 다져진 주차장에는 대형버스들이 가득 들어차 있었다.

햇살은 맑고 투명했다. 깊이로 호흡하기에 딱 좋았다. 그런데도 그녀는 답답함을 떨치지 못했다. 기도원이란 곳이, 스스로를 이방인으로 만드는 묘한 분위기를 안고 있었기 때문이다. 믿음이 같지 않은 사람들을 심히 방어하는 느낌이 들었다. 예전에 지인들과 왔을 때는 몰랐던 것이었다. 그녀는 숨을 고르며 사방을 둘러보았다. 나무들은 잎을 들어 하늘을 우러르고 서있었다. 그 잎들은 온 산을 울리는 찬송가 소리에 물결치고 있었다. 크거나 작거나 나무들은 온통 빼곡했다. 위로 하늘만 구멍이 뚫려 있었다. 자유로우나 메케한 도시 공기와는 사뭇 다른, 무척 상쾌한 공기라는 것 말고는 그대로가 갇힌 공간처럼 느껴졌다.

　'이런 곳에……, 갇혀 있는 것 아님 뭐야. 다른 많은 인생
　들의 고통을 덜어주기 위한 수도를 위해서라면 모를까
　……. 평범하게 살 곳은 아니야.'

　은영은 그곳에 있을 복자가 마치 수용소에 잡혀있기나
한 듯 안타까웠다.

　1년 전 그때처럼 많은 교인들이 대형버스를 타고 왔다.
주차장은 마치 관광지처럼 복잡했다. 그 옆으로 지붕이 높
고 거대한 식당이 보였다. 그 때 그 식당이 아닌 듯, 긴 듯,
서먹했다. 은영은 발이 이끄는 대로 걸어갔다. 몇 개 안 되
는 계단을 올라 문 앞에 멈추었다. 그러나 열면 안 될 것 같
아 잠시 망설였다. 하지만 누군가 자꾸 등을 떠미는 것 같
았다. 그녀는 망설이다 살짝 문을 열었다. 안에서 왁자지껄
활기찬 소리가 밀려나왔다. 먹어야 산다는 실감나는 아우
성이었다. 안으로 들어서니 내부는 활기를 넘어 요란 했다.
텅텅거리는 식기소리, 저 아는 사람을 옆 자리로 불러 앉히
는 소리, 즐겁다고 떠들며 웃는 소리. 그 아우성 속에 사람
들은 자리를 가득 메우고 육의 양식을 먹느라 본성에 충실
하고 있었다. 소리에 뒤엉켜 음식들 냄새가 진하게 돌았다.
맛있는 냄새에 은영도 배가 고팠다.

　'외부인 출입금지' 팻말이 있어 망설였지만, 아무도 막는

사람은 없었다. 그녀는 조금 더 안으로 들어갔다. 부엌은 먹는 곳보다 더 요란하고 시끄럽고 정신없었다. 가스불 앞에는 불 쇼를 하는 것처럼 불꽃을 조절하는 여인이 있었다. 좌로 우로, 앞으로 뒤로 발을 옮기며 양 팔을 허우적거렸다. 그러면 이내 음식들이 탄생하곤 했다. 사뭇 멋졌다. 그 안에서도 이리저리 왔다 갔다 하는 사람들이 있었다. 그 뒤로 멀리에서는 작은 그릇들에 김치나 어묵조림 등 반찬을 담는 여인들도 있었다. 카리스마 뿜으며 문 앞을 지키던 팻말과는 달리, 은영이 기웃거리는 것에는 아무도 신경 쓰지 않았다. 은영은 이리저리 두리번거렸다. 찾았다. 멀리에 있는, 너무도 잘 알고 있었지만 아주 낯선 복자를 찾아냈다. 덜컹하고 가슴이 울렸다. 몸이 떨렸다. 이내 가슴이 메고 눈물이 돌았다. 숨었다 들킨 죄인처럼 부들거렸다.

'복자야~'

은영은 소리도 없이 복자를 불렀다. 그렁그렁 눈물 고인 슬픈 가슴으로만 불렀다. 그러면 마치 복자가 벌떡 일어나 올 것 같았다. 불꽃을 조절하며 묘기를 보이던 여인이 휙 하니 은영을 돌아봤다. 신경질적으로 위아래를 싹싹 훑었다. 미간에 잔주름을 잡고 턱 끝을 들먹였다. 나가든지 들어오든지, 좌우지간 문을 닫으라며 손을 내저었다. 은영은 얼른 들어서며 문을 닫았다. 천장까지 가득 울리는 식당 소음 때문에 말로 표현하는 것은 어려웠다. 그렇다고 복자 곁으로 다가설 수도 없었다. 아마 놀라거나 짜증낼 것 같았다. 머뭇거리며 복자만을 응시했다. 눈치 빠른 여인 하나가 복자에게 말을 전했다. 그러나 복자는 이미 알고 있었다. 그녀는 아무 표정도 없이 담던 반찬 몇 그릇을 더 했다. 그리고는 미적미적 바지 품을 털며 일어섰다. 동료들을 지나 멋쩍게 문 쪽으로 걸어 왔다. 그러는 복자를 보며 은영은 자동으로 후딱 뒤돌아섰다.

'여호와를 의지하는 자는 복이 있도다.'

돌아선 벽에 목판이 붙어 있었다.

'복자는 이 여호와를 의지하고 있을까? 그래서 지금 복을 받고 있는 것일까?'

자꾸 고이는 눈물이 글씨를 가렸다. 그녀는 애써 참았다.

"바쁜데 뭐 하러 왔어……."

복자는 슬리퍼 신은 발을 비비며 속삭이듯 말했다. 마주선 둘이는 참으로 어색했다. 그러나 슬쩍 스치는 눈빛과 엷은 미소를 나누었다. 서로의 초점을 덮고 있는 눈물은 반가운 설움을 말하고 있었다.

"미리 전화할까 하다 그냥 왔어."

"힘들게 뭐 하러 와."

복자가 먼저 문을 밀치며 밖으로 나섰다.

"이리 와. 내 방으로 가게."

짧게 말을 남기고 복자가 먼저 걸었다.

"점심때라 한창 바쁠 텐데, 오다보니 시간이 이렇게 됐네."

은영은 아직도 만남이 낯설었다.

"괜찮아. 일 할 사람은 많아."

앞서 가던 복자는 잠시 은영을 잊었다는 듯 발을 멈추었다. 그리고는 주저거리는 그녀 손을 넌지시 잡았다. 복자의 적극적인 태도에 반가움이 진하게 들어있었다. 그 뜻밖의 긍정에 은영의 마음이 조금 편해졌다.

초르라니 흐르는 한 발짝 푼 개울을 건넜다. 그 앞에 무리로 늘어진 조팝나무 언덕 아래로 가는 동안, 그녀들의 실개울 같은 우정이 살살 흐르기 시작했다.

방들은 여느 기숙사처럼 나란히 붙어있었다. 문들 가운데 첫 번째를 열며 복자는 멋쩍게 웃었다.

"내 방이야. 들어와."

그녀는 문 앞에 놓인 수건으로 방바닥을 슥슥 문질렀다.

"점심 안 먹었지? 얼른 가져올게, 앉아 있어."

복자는 풍신 난 창문을 열었다. 그리고는 대답 들을 생각도 없이 오던 길을 내려갔다. 어색함 속에 숨죽이던 반가움을 어루만지며 신바람 나게 걸어갔다.

방은 머리를 숙이고 한 사람 그냥 들어서기에 족했다. 가로나 세로나 사람 하나 눕고, 옆을 비집어 요강 하나 놓으면 그만이었다. 창이라고 했지만 A4 한 장 정도였다. 그 만큼만 햇살을 들여 놓기에 고작이었다. 창밖으로는 찌든 모기 망이 붙어있었다. 작아도 너무 작은 창이었다. 그러나 방에 비해 비율은 맞는 것으로 위로할 수 있었다. 벽지로는 분홍색 단열재가 붙어있었다. 죽어 말라버린 모기나 파리들이 무늬를 내고 있었다. 한쪽 구석에서 대각으로 지르며 빨랫줄이 늘어져 있었다. 이쪽으로 수건 한 장이 걸려있고, 그 아래 벽을 타고 내려와 빗자루와 쓰레받기가 걸려 있다. 창 밑 왼쪽 구석으로 삼단 서랍장이 붙어 있었다. 그 위로 요 하나, 이불 하나, 베개 하나가 구색을 맞추고 있었다. 서랍장 옆으로는 100살이 넘어 보이는 앉은뱅이책상이 끼어 있었다. 그 위에 카세트 라디오가 있고, 그 옆에 회사가 제 각각인 화장품 가지들이 수줍게 모여 있었다. 또 카세트 라디오 앞에는 큼직하고 낡은 성경책이 대충 놓여 있었다. 책상 밑으로 초미니 쓰레기통과 걸레통이 있고, 옆으로는 오래된 신문지로 덮인 요강이 숨어있었다.

어릴 적 복자네 안방이 떠올랐다. 벽 한 면에 보자기가 가리어져 있었다. 지금 그녀 방 벽에도 작은 보자기가 가리어져 있었다. 그 때는 깨끗하고 넓은 광목에 사랑 좋은 공작 한 쌍이, 활짝 핀 모란 아래 마주보고 있는 수가 새겨져 있었다. 그러나 지금은 색이 낡아 누런, 펄렁펄렁한 나일론 보자기였다. 들추어 보니 낡은 스프링코트 하나와 검정 바지, 그리고 블라우스 하나가 수줍게 걸려 있었다. 복자의 모든 것이 그 보자기 하나에 다 들어있었다. 무척 애처로웠다. 은영은 눈물이 왈칵 쏟아졌다. 절로 흐느꼈다.

"전에 너 올 때처럼, 교인들이 단체로 와서 되게 복잡해. 그래서 다행이야. 반찬이 좋아졌어."

인기척도 없던 복자는 한 쟁반 담아 온 음식들을 내려놓았다.

"이 국 맛은 여기 자랑거리야. 배고프지? 어서 먹어!"

아직 눈길 마주치기를 어색해 하며 그녀는 은영에게로 쟁반을 밀어 주었다. 그러나 목소리는 한결 다정했다. 은영은 얼른 눈물을 훔쳤다.

"혹시 몰라서 과일이랑, 먹을 것 좀 가져왔는데……."

그 말을 하고는 은영은 또 그렇게 미안하고 쑥스러웠다.

"뭐 하러 가져왔어. 힘들게."
"아니, 그게……, 때가 어떻게 될지 몰라서."
"때 아니라도 먹을 건 많아."

복자는 괜히 머리를 쓸어 넘기며 앞자락을 매만졌다.

"씨이~, 내 꼴이 이래. 파마 할 때도 한참 지났고."
"괜찮아. 얼굴에 윤기도 나고 입술색도 예뻐. 내 눈엔 건
강해 보인다. 아, 배고파, 밥 먹자!"

복자는 방이나 자신이나 내보일 게 없어 소심해졌다. 그
런 그녀를 달래려 은영은 조금 너스레를 떨었다. 그러나 복
자는 은영의 눈가가 붉어 있음을 모를 리 없었다.

"아우, 김치찌개가 이렇게 맛있기는 처음이야. 고기도
많고 두부도 어쩜 이렇게 고소하니?"

그제서야 복자는 시익 웃었다. 은영도 허허로이 웃었다.
너무 오랜 세월이었다. 그 세월동안 복자를 잊고 있었다는
미안함과, 옛 시절 있었던 서로의 우정을 불러내는 섦음이

자꾸만 목으로 올라왔다.

"저, 내가 가져온 음식들은 어쩌지? 별 것도 아닌 걸 괜히 가져왔나봐……."
"아니, 괜찮아. 고맙지 뭐. 이따 출출할 때 먹으면 돼."
"그치? 과일은 씻어 와서 그냥 먹으면 돼."

은영은 조금 안도했다. 복자 표정도 밝아졌다. 침침하게 새벽 닭 울던 시간은 지나 햇살이 뜨는 듯 보였다.

"여기 살면, 기도는 많이 하겠네?"
"……, 맨 날 죄 짓고 살면서 기도만 하면 뭐 해……."

복자 대답은 시큰둥했다.

"여기서 무슨 죄를 져? 기도원인데?"

은영은 의아했다.

"음……, 여기도 사람 사는 곳인데, 죄 없겠어?……. 말로는 성스러운 곳이지만. 니가 몰라서 그래."

'사람 사는 곳이라고?'

은영은 알 듯 모를 듯, 이해하기 어려웠다.

"여기가 '기도원!'이잖아. 그 말을 잘 생각해 봐. 기도할 일이 많은 사람들이 사는 곳이란 거지."

"이런 기도원에서는 하느님이 더 잘 들어주실 것 같은데. 열심히 믿고 의지하며 사니까."

"그러니까 문제지……. 맨날 기도해야하니까. 그렇게 기도했다고 다 해결되는 것도 아니고. 용서는 하느님이 해야지 우리가 떼써서 될 일이 아니라잖아."

복자는 길게 한숨을 놓았다.

"공기도 무척 좋고 아름다운 곳이구먼. 모두 하느님의 자녀라며 서로 형제처럼 사랑하고 즐겁게 살지 않아?"

"형제는 무슨 형제고 사랑은 무슨!"

복자는 빠르게 말을 잘랐다.

"밖에서 생각하는, 니가 생각하는 그런 좋은 곳은 아니야. 여기 살아도 역시 사람은 사람이야. 그것도 모두가 죄를 짊어진 사람들. 회개할 일이 많은 사람들인 거지."

"매일 기도하며 회개 할 텐데, 그러면 용서 받지 않나? 죄 지을 일도 없을 거구."

"여기가 무슨 하늘나란 줄 아니? 천국도 아닌데. 입으로는 '주여, 주여!'하며 잘못했다고 눈물도 짜고 그러지만,

주님만 찾는다고 용서 받는 것은 아니야. 근본이, 속이
달라져야지.”

은영은 그렇게 말하는 복자를 조심스럽게 느껴보았다.
속에서 끓고 있는 불만이나 짜증을 찌개 속 고기와 함께 씹
고 있었다. 하긴 은영 자신이 하느님이나 종교에 대해 뭘
안다고 나서는지, 복자에게 좀 미안했다.

“여기가 좀 안 맞아……?”
“맞고 자시고 할 것도 없어. 어디 살아도 만족은 없을 테
니까. 못 됐다고 해야 할지, 개성이라고 해야 할지, 욕심
많고 샘 많은 악한 동물들은 다 모였어.”

은영은 음식을 문 채 조용히 그녀를 살펴보았다.

“오죽하면 세상에 섞여 살지 못하고 역까지 들어와 백혔
것 냐고. 아리송할 것도 없어. 이곳까지 와야 할 때는 다
그만한 이유가 있는 거지. 정신이나 맘이나 다 꼬이고 뒤
틀린 사람들이야. 너처럼 나들이 삼아 단순하게 왔다가
복 달라고 한 차례 기도한 뒤, 홀가분하게 갈 수 있는 그
런 순한 삶이 아니야. 여기서는 각자가 자기를 챙기느라
바빠. 그래서 남을 미워하며 시기하고 이간질하고 그래.
오히려 세상 속에서보다 더 징그럽고 나쁜, 포악한 사람

93

들이 많은 곳이야. 오갈 데 없어 막다른 골목에 서있는 사람들이지. 그래서 뒤돌아섰다 하면 악마가 되는 거야."

은영은 가슴이 아팠다. 이곳에서 평화롭지 못하고 허공을 휘젓는 복자가 가여웠다.

'음……, 어떻게 여기까지 왔을까. 지내는 게 몹시 힘든가 보다.'

은영은 할 말이 없었다.

"내게도 문제가 있겠지만, 다들 좀 바르고 의롭게 살았으면 좋겠어. 니 생각대로 여긴 기도원이니까. 바깥세상보다는 나아야 하잖아? 마치 천사처럼 더 양보하고 이해하며 조끔씩 더 참으면 좋겠는데, 그게 아니야. 간사스럽게도 원장님이나 목사님 같은 세력 있는 사람들에게는 잘 보이려고 안달이지. 공치사 받으려고 살살거리고. 하지만 약한 우리에게는 위세나 떨며 윽박지르고 거드름 피우고 그래. 약한 것들끼리는 또 그것들끼리 치고받고 싸우며 이간질하고……. 말도 마. 여기가 살인자들이 오는 지옥이야. 몸으로 저지르는 살인은 아니라도 맘속으로 이를 갈고 시기하며 서로를 죽이니까, 사람들이 생각하는 성스러운 기도원은 아니야. 오히려 세상보다 더 치열하고 험악해. 사람 모이는 곳이면 어디나 다 그런 것 아니겠어?……"

은영은 복자 말이 이해하기 어려웠다. 상상 밖의 어처구니없는 말들이었다. 기도원이란 말만 들어도 평화롭게 느껴졌다. 심신이 피곤하고 허전하여 정신적 수양을 위해 올 수 있는 곳이라 생각했었다. 서로 인자하게 웃으며 아량을 베풀고 묵언으로 사랑하는 곳인 줄 알았다. 아주 성스럽고 신비롭다 생각했었다.

'복자 특유의 성격이 모나게 구는 건 아닌지. 오늘은 반찬이 좋아졌다지만, 돼지고기 찌개 정도로 뭘……. 어려운 일들이 많은 것 같아.'

은영은 믿기 어려웠다. 복자는 복자대로 심란했다. 아무것도 모르는 어릴 적 친구를, 또 중간도 모르게 오랜만에 만나서, 또 무슨 말을 어떻게 설명하고 어떻게 하소연해야 할지, 그녀는 답답했다. 차라리 아무 말도 하지 말아야 할지, 복자는 숟가락으로 두부덩이나 건드릴 뿐이었다.

"친하게 지내는 사람은 있어? 친구처럼?"
"다 똑 같은데 뭘. 그냥, 그냥 어울려 사는 거지. 어디고 갈 데가 없으니 할 수 없이 있을 뿐이야. 내가 무슨 신앙으로 여기 있겠어? 그래도 하느님은 신이고 좋은 말씀을 많이 주셨으니 잘 들어보고 참으려 노력 하는데, 그것도 맘 같지 않아. 아무래도 난 지독한 죄인인가 봐."

"죄인은 무슨. 인간은 누구나 나쁠 수 있어. 인간이 처음 날 때부터 악하다는 학자도 있으니까. 사실 나도 어느 때는 악이 솟는 때가 있어. 사회적으로 윤리나 도덕을 생각하며 참을 뿐이야."

"어서 먹어. 다 식겠어."

복자는 너처럼 행복한 사람이 뭘 알겠냐는 표정이었다. 목이나 축이듯 찌개국물 한 숟가락을 떠 넣고 길게 한숨지었다.

"하긴 뭐……, 인간 세상 고달프기는 어디 간들 다 마찬가지겠지. 그래도 하느님을 믿으면 아무 걱정 없는 천국에 간다니, 그것 하나로 버티는 거야. 실은 그것마저도 의심스러울 때가 있지만. 살면서 네가 상상도 할 수 없는 고통이란 고통은 종류대로 다 맛 봤는데, 아마도 내가 지독한 죄인이라 그런 것 같아. 아니면 전생에 너무 나빠서 환생시켜놓고 그 벌을 받으라는 건지도 몰라. 그러니 내가 정말 천국에 갈 수 있을지 항상 두려워. 지옥에 가서 더 끔찍한 벌을 받을까봐 죽는 것도 두렵고. 어느 때는 정신 빼고 매달리며 기도를 했어. 제발 지옥은 면하게 해달라고. 더 이상의 고통은 싫다고. 천국문 밖에 거지로 앉아도 좋으니 그렇게만 용서해달라고."

"그래, 들어주실 거야. 하느님은 약한 사람을 사랑하신다니 너를 분명 천국에 보내주실 거야."

은영은 확신 없는 말이지만 복자를 위로하고 싶었다.

"사는 지금이 지옥인데 천국은 무슨 천국, 매일 살고 있는 지금이 중요하지……. 그래도 사람은 무서워. 인간은 짐승보다 더 무서워. 잘못을 알면서도 악하고 잔인하니까. 지금은 그럭저럭 잘 견디는 편이야. 처음 여기 왔을 때 같았으면, 아마 지금쯤은 죽고 없을 거야. 사람은 어디에서나 그렇게 무서워……."

복자는 이해할 수 있겠냐는 표정을 지으며 쓴 입맛을 다셨다. 그러나 은영은 모른 척 할 수 없었다. 복자가 어릴 적 다정했던 친구이기 때문이다. 하지만, 너무 오랜 시간 서로 단절 된 삶을 살았다. 그녀는 그곳을 떠난 이후 복자에 대해 아는 것이 아무것도 없었다. 그러니 이렇다 저렇다 섣부르게 복자를 위로하는 것은 무리였다.

'그동안 어려움이 많았나봐. 이렇게 먼 곳까지 와 있게. 어떤 어려움들이 복자를 여기까지 데리고 왔을까…….'

최고의 행복이라고, 날마다 신나 죽는 편지를 쓰던 동진이와는 어떻게 헤어지게 된 건지. 오늘 남편 태성에 대한 뭔가는 알아 낼 수 있을는지. 혹 그 속에 사람이 제일 무섭다는 내막이 숨어 있는 건 아닌지. 오늘 자신이 다녀감으로 해서 복자에게 무슨 위로가 되고 무슨 변화가 생길지. 또는 은영 자신에게는 어떤 변화가 생길 것인지, 오히려 더 심란하고 갈등을 일으키는 것은 아닌지. 은영은 몹시 복잡했다. 무엇보다 복자가 무척 불쌍했다. 사람마다 주어진 운명이 있다지만, 지금 가족들과 행복하게 살고 있는 자신이 너무도 염치없고 미안했다.

　조용히 밥을 먹는 것 같았던 복자는 사실 눈물을 삼키고 있었다. 부유해 보이는 옛 친구 앞에서 자신의 초라함이 두드러져 보였다. 자존심도 상했다. 창피했다. 애초에 모른다고 잡아떼지 못한 것을 후회했다. 서로 먹는 둥 마는 둥, 어차피 제대로 먹지 못할 밥임을 안 그녀들은 이내 숟가락을 놓았다.

　"식당에 안 가 봐도 되면 산책이라도 할까?"

　은영이 물었다. 방안이 답답해서 숨이 막힐 것 같았다.

　"일할 사람은 많아. 이것 갖다 두고 올게."

　복자는 말을 끝내기도 전에 일어섰다. 마치 그러기를 기다리고 있었던 듯. 그리고는 헐렁 바지를 펄럭이며 붉어진 눈시울을 숙인 채 식당으로 갔다. 은영은 흑흑거리며 울었다. 차라리 독하게 입을 다물고 턱주걱을 흔들던 복자의 표독이 그리웠다. 대차게 부하들을 거느리고 신작로를 주름잡던 그녀의 조소가 그리웠다. 많은 시련 뒤에도 꿈을 이루려 한 밤에 체조를 하던 그녀의 발 뜀이 그리웠다. 못 돼먹은 복자라는 애 자체가 너무도 그립고, 그리웠다. 복자의 초상이 사라졌음이 아쉬웠다.

조금 흐릿한 날씨가 숲을 쥐고 있었다. 단체로 몰려왔던 교인들은 모두 떠나갔다. 그들이 한바탕 뒤흔들고 나간 성전은 청소가 한창이었다. 하늘을 가리는 시퍼런 나무들이 날카롭게 들어찼어도, 기도원 단지는 꽃동산으로 잘 다듬어져 있었다. 산중 5월은 아직 찬 기운이 돌았다. 수국도 여릿한 연두의 꽃받침이나 내보이고, 라일락도 깨알 같은 꽃송이나 달고 있었다. 땅바닥엔 딸기도 보였다. 마을에서는 끝물이라며 값도 올라있는데, 이곳에서는 아직 초록열매 그대로였다.

"너, 성전 안에 가본일 있어? 기도하러?"

복자는 '없지?'하는 눈으로 물었다.

"어떤 곳인지 구경이나 해볼래?"

복자는 '또 싫어?'라는 듯 입을 실룩해 보였다.

"교회나 같지 않을까?"

은영은 보나마나라는 몸짓으로 말했다. 그리고는 문밖에서 기웃하고 내부를 스쳐보았다. 그녀는 뚜렷하게 믿는 종교가 없었다. 안에서 '이 죄인, 이리 들어 왓!'하고 당장에 잡아끌 것 같았다. 어두컴컴하고 텅 빈 내부에서 소란스럽고 텁텁한 죄의 소리와 냄새가 쏟아져 나왔다. 은영은 머리를 흔들며 얼른 돌아섰다. 단체로 몰려와 토하고 떠난 죄들이 모두 자신에게로 달려들 것 같았다. 섬뜩했다. 반대로 복자는 평온했다. 아무 상관없는 타인 같았다. 멀리 숲이나 바라보며 다른 데로 가자는 발걸음을 놓았다.

"저 뒤로 가면 또랑이 있어. 그 둑에 너 좋아하는 풀꽃들이 아주 많아. 이리와 봐!"

복자는 은영의 손을 잡았다. 그리고는 잠시 서로 움찔했다. 서글픈 우정의 쑥스러움이 그랬다. 은영이 빙그레 웃으며 힘주어 잡았다. 처음으로 계산 없는 우정의 미소가 서로에게 번졌다. 옛정이 조금씩 돌아왔다.

산자락을 타고 흘러, 흘러 각자의 삶을 찾아가는 인생처럼, 개울은 시작의 무리를 떠나 열심히 흐르고 있었다. 어디에 닿아 어떻게 안착할 것인지 따위는 걱정하지 않았다.

흐르다 돌을 만나면 잠시 옆 물과 어울려 흥겹게 춤을 추었다. 이리저리 가는 동안 서로 재미난 얘기를 주고받으며 속삭거렸다. 삶이란 이런 거란 듯 긍정으로 흘러갔다. 개울을 따라 야트막한 둑이 펼쳐졌다. 정말 은영이 좋아하는 수많은 풀꽃들이 한들대고 있었다. 바람난 처녀 들녘 헤매듯 그녀는 감탄을 쏟으며 풀꽃들을 감상했다.

"기도를 하든 말든, 여기는 공기 좋고 산천 좋고, 꽃들도 많아서 좋다! 사람들 북적거리지 않으니 더 좋고. 일단 평화롭고 기분 좋으니까."

은영은 코 평수를 넓히며 바람을 모았다. 그와 달리 복자는 잠잠하게 풀꽃이나 따 모았다.

"야~, 복자야 너 정말 좋겠다. 요즘 힐링 한다며 부러 산속을 찾아가 살기도 하는데, 집값도 안 들지, 밥값도 안 들지, 돈 쓸 일도 없지, 나도 며칠씩 살다 갈 수 있을까?"
"남의 것은 다 좋아 보이는 거야. 더도 말고 이틀만 살아 봐."

복자는 대낮에 웬 헛소리냐는 듯 은영을 무시했다. 그것도 허세라며 속으로 쏘아봤다.

"넌, 결혼 했지? 얘들 있어?"

복자는 따 모은 풀꽃들을 주무르며 물었다.

"응, 했지……, 머슴애 둘에 딸이 하나야."

그 대답을 하는 게 왜 그렇게 미안하고 미안하던지, 그녀 목소리가 눈치 보며 사그라들었다.

"와~, 홀런 치고도 딸이 있다니? 많이 컸어? 몇 살이야?"
"응, 큰 애는 고1이고, 작은 애는 중2야. 그리고 막내딸은 6학년이야."
"와~, 벌써? 다 키웠네? 결혼을 일찍 했나 보구나?"
"뭐, 그때는 보통 그렇게들 했어. 스물 넷 다섯이면 서둘렀잖아……`."

설명이나 하려던 은영은 가만히 말꼬리를 내렸다.

"그래. 그때 우리 동네에서는 열일곱에도 했고, 열여덟에도 했고, 스물이면 거의 다 갔지……."

복자는 주무르던 풀꽃다발을 살그머니 은영에게 건넸다. 그리고는 가늘게 새는 한숨을 애써 숨겼다.

"…… 그래, 나는 어땠냐고? 궁금하지?"

다시 풀꽃을 따 모으며 복자는 스스로 이실직고에 들어갔다.

"그리고, 또 어떻게 여기까지 왔는지……, 물어도 되고, 안 물어도 돼. 어차피 알게 될 테니까."

그녀는 하늘을 깊게 올려다보며 고개를 끄덕끄덕 흔들었다.

"그래……. 여기까지 왔어. 흘러, 흘러, 왔지. 내가 생각해도 어떻게 왔는지 모르게, 그렇게 왔어. 여기 아니었음 아마……, 지옥에나 가 있던지, 아님……, 귀신이 되어 떠돌던지……, 그랬을 거야."

복자는 무릎을 세우고 위로 팔짱을 올렸다. 그 위에 턱을 올리고 또 한숨을 놓았다. 갑자기 바람에 한기가 들기 시작했다. 산 속 해는 퍽퍽 소리를 내며 급하게 빛을 거두었다.

"참, 너, 가야지. 여긴 낮이 짧아. 한발 디딜 때마다 밤이 달려들어. 가자!"

복자는 헐렁 바지를 털며 일어섰다.

"그래?"

은영이 미적미적 따라 일어섰다.

"길 어두우면 정말 무서워, 산속이라. 게다가 너 같은 젊은 여성은 조심해야해. 더구나 너는 예뻐서 더 위험해. 저녁을 먹고 가면 좋겠는데, 그럼 너무 어두울 거야."

복자는 은영의 손을 끌며 빠르게 걸었다. 끌려가듯 걷는 은영은 말할 틈을 찾으며 가쁘게 숨을 몰았다. 먼 길은 아니었지만 초행이었던 그녀는, 어두워지는 그 길이 도무지 분간할 수 없었다. 군데군데 가로등이 있기는 했으나 아까 왔던 길과는 전혀 다르게 보였다. 복자는 안 그러면 누구에게 혼이라도 날 것처럼 은영을 재촉했다. 머뭇거리던 은영이 딴전 부리며 화장실을 찾았다. 복자는 좀 망설이며 급하냐고 물었다. 아무래도 먼 길 가야하니 들러 가는 것이 좋겠다며 은영은 난처한 표정을 지었다.

"화장실이 있긴 한 데, 식당까지 멀어서……."

복자는 어두운 길 떠날 친구가 걱정됐다.

"아니, 실은……, 하루 자고 갈까 하는데, 괜찮을까?"
"여기서? 니네 집은 어떡하고? 남편이랑 애들한테 말은 하고 왔어?"
"응, 남편…… 은 해외 출장 중이고, 엄마가 계셔. 모임에서 가까운 데로 놀러 가 하루 자고 온다고 했어."
"엄마? 어머, 너, 엄마 모시고 사니? 건강은 좋으셔?"

"응. 그만그만하셔. 그래도 내년에 칠십이시니 예전 같진 않으시고."

"그렇구나, 좋겠다. 그럼, 아버지는……?"

"먼저 가셨어. 젊으실 때부터 폐가 안 좋으셨거든. 수술도 하셨고."

"그렇구나……. 니 남편이 좋은 사람인가 보다."

그 말에 은영은 좀 뜨끔했다. 밝혀질 모든 게 사실이라면, 복자에게 내놓고 자랑할 만한 남편은 결코 아니었다.

"뭐 하시는데?"

"응, 그냥……, 작은 사업 하나 하고 있어."

"형편은 좋은가 보다. 어려운 건 없을 것 같은데, 설마 기도하러 온 건 아니겠지? 뭐 죄 지었어? 남 몰래 회개할 죄라도 있는 거야?"

은영은 가슴이 철렁했다. 마치 복자에게 들킨 것처럼 화끈했다.

"아니……, 그냥 너하고 놀던 때가 생각나서. 그때 친구들 소식이나 동네 소식도 궁금하고……."

"그래? 뭐, 별건 없지만……, 그럼, 식당에 가서 저녁 먹고 화장실도 들러오자. 아예 세수도 하고."

은영은 안도의 숨을 쉬었다. 복자가 싫다 할까봐 은근히 걱정 했었다.

"그래, 배고프다. 아까 너무 못 먹었어."

은영이 애교를 넣어 말했다.

"야, 초면처럼 서먹하고 자존심 팍 구겼는데, 나라고 잘 먹었겠냐? 가자! 내가 한 턱 쏠게!"

복자는 몹시 밝아졌다. 몇 시간 같이 있던 중 이처럼 밝은 얼굴은 처음이었다. 옛 우정과 현재의 서먹함이 빚은 웃픈 현상이었다.

"그런데, 식당에서 먹지 말고 내가 가져온 것을 먹으면 좋겠어. 음식이 상할 수 있어서. 게다가 너를 생각하며 내가 맛있게 준비했거든."
"아참, 그게 있었지? 그러자. 내가 깜빡했네."

그녀들은 화장실에서 씻고 복자 방으로 돌아왔다.

"야, 은영이 너, 하나도 안 늙었다? 그 똘망똘망하던 눈동자도 그대로 빛나고? 여어~, 주름도 없어야!?"
"야, 우리 나이에 벌써 주름이 생기면 어떡허냐? 하지만, 없긴 뭐가 없어, 늙어 가는데. 그리고 너도 그대로야. 내가 처음 여기 왔을 때 바로 너를 알아봤지. 요거, 요 점!
그런데 자세히 보니 그동안 점을 좀 키웠나 보다?"

"그래? 커 보여?"

복자는 멋쩍은 얼굴로 눈썹 위 검은 점을 매만졌다. 그
점 때문에 아이들은 점순이라고 놀렸다. 그녀 스스로도 인
물 버린다며 얼마나 싫어했던지, 어느 날은 양잿물을 찍어
발랐다가 덧나서 무척 고생했다. 피도 나고 하마터면 눈에
들어갈 뻔한 일이 있었다. 그래서 제 엄마에게 등짝을 얼마
나 세게 맞았던지…….

은영의 가슴이 다시 먹먹하게 아팠다. 둘이 앉아 음식들
과 과일을 먹다보니 옛 생각이 더욱 새로웠다. 다투었어도
좋은 그 시절이 아닌가. 학교 변소에서 1원짜리 지폐 한 장
을 건진 일이 있었다. 그것으로 국화빵 하나 사서 나눠먹던
그때를 꺼냈다. 빵장수 아저씨가 똥냄새 난다고 혼낼까봐
조마조마하며 도망치던 그때, 돌아갈 수 없는 그 옛 시절이
너무도 그리웠다. 둘이는 깔깔대며 핑계로 대놓고 눈물을
흘리며 웃어댔다. 그렇게 만남의 기쁨을 감추지 않고 속 시
원하게 울어버렸다.

너무도 달랐던 나와 너

구석구석, 카세트 밑까지 들추며 복자는 걸레질을 했다. 마치 서먹하고 부끄러웠던 맘 속 찌꺼기들을 걷어내듯 꼼꼼하게 훔쳐냈다. 그리고 이부자리를 폈다. 그것은 별로 크지 않았으나 온 방을 다 덮었다. 그녀는 펼친 요를 손바닥으로 퍽퍽 쓸어냈다. 그리고 하나 뿐인 베개를 턱턱 털며 말했다.

"냄새가 좀 나겠지만, 이 베개는 니가 베고 자. 난 원래 베개 없이 엎드려 자는 버릇이 있어. 좁고 불편하겠지만, 하룻밤인데 뭐. 괜찮겠지?"

"그럼, 괜찮지. 니가 상상이나 했겠어? 내가 자고 갈 것을? 미안해. 예고도 없이……."

"미안은 뭐. 너 옛날에도 우리 집에서 자고 간 적 많잖아."

"그랬지. 그때는 요도 없이 방바닥에서 이불만 덮고도 잘 잤어. 떠들고 까불며 밤을 반이나 보내면서."

그때는 복자 동생들도 한 이불속에서 함께 잤다. 서로 발을 비비고 건드리고, 이불을 끌어당기며 잠도 안 자고 까불었다. 그러나 차마 그 동생들 얘기는 꺼낼 수 없었다. 고아원에 갔다는 소식 뒤로는 들은 일이 없었다. 복자도 동생들 생각이 났는지 아무 말이 없었다.

깊은 산중에 개구리 볼멘소리처럼 꽉꽉 거리는 소리가 들려왔다. 그 소리는 주기적이었고, 마치 서로 대화하듯 이쪽저쪽에서 교대로 이어졌다.

"그런데, 저거 무슨 소리야? 여기 산속이라 개구리도 큰 게 살고 있나봐?"

"미군들이 다 철수하려면 얼마나 걸릴까?……"

복자는 뜻밖의 말을 하며 멍하게 앉아 있었다.

"미군들? 왜?"

"아니, 그냥……."

"글쎄……, 나도 잘 모르겠지만, 아직 먼 것 같은데?"

은영은 멍해진 복자를 보며 조용히 있었다. 말은 꺼냈어도 정작 복자 자신은 괜스레 이부자리만 만지고, 털고, 그랬다.

"미군 부대 때문에 어려운 일이라도 있어?"

" 아니이, 그런 건 아니고, 밤마다 나는 저 소리 때문에 ……."

"저 소리? 무슨 큰 개구리 같은데?"

"부대끼리 주고받는 신호야."

"그래? 어쩐지. 그런데 미군 부대는 우리나라가 통일 될 때까지 있지 않을까? 모두 떠나려면 아직 먼 것 같은데."

말을 시작한 복자는 표정 없이 이부자리만 자꾸 매만졌다.

"밤마다 나는 저 소리가……."

복자는 그 소리에 담긴 이야기를 가지고 있는 듯 보였다.

"북한 걔네들 하는 짓이 하도 엉뚱하니까 종잡을 수 없지. 우리는 오로지 통일만 염원하며 퍼주고 달래고 하잖아. 그래도 툭하면 우리 어선을 납치하고 총질하고, 게

다가 맨 날 전쟁준비로 군사훈련만 하잖아. 또 핵을 개발한다는 둥, 뻑 하면 침략하겠다고 으름장이고. 요즘은 우리가 씨감자도 보내고, 의약품이나 옷가지들, 그리고 비료도 보내준다는데, 그야말로 밑 빠진 독에 물 붓기지 뭐. 뉴스 보면, 퍼줘 봤자 전쟁준비로 다 쓴다더라. 주민들은 수도 없이 굶어 죽고 있다는데, 간부들은 반질반질 하더라구. 아직은 좀 어려울 것 같아."

은영은 진지한 마음으로 설명이나 하고 있었지만, 복자 대답 듣는 자세는 시큰둥하기만 했다.

"요즘도 간첩이 있을까?"

복자는 또 질문 했다. 하지만 조금씩 속내를 열고 있었다. 은영은 그녀 표정을 살피며 진지하게 대답했다.

"그렇지. 옛날 우리 어려서처럼 몰래 무전을 친다거나 위장하고 숨어 다니지는 않지만. 요즘은 동해나 서해로 잠수정이 숨어오잖아? 대학에도 교수나 학생으로 위장한 간첩들이 있다고 하더라. 왜? 여기 기도원에 간첩이 있는 것 같아?"

은영은 속삭이며 조심스럽게 물었다.

"…… 그때……, 동진이네 아버지도 몇 년 옥살이를 했다
더라."

한 번도 들어본 적 없는 동진 아버지의 옥살이 얘기다.
은영은 심장이 뛰기 시작했다. 안 그래도 궁금한 게 많았는
데, 복자에게서 뭔가를 들을 수 있을 것 같았다. 바싹 긴장
했다. 반면, 뜬금없는 말머리를 내 놓은 복자는 이를 물고
천장이나 바라보았다. 사실 그녀는 북한이 뭘 하든, 미군이
철수를 하든 말든 아무 관심이 없었다. 다만, 서울로 떠나
버린, 복자 자신에게서 도망쳐버린 동진이가 궁금할 뿐이
었다. 아직도 그녀 가슴에 박힌 못으로 남아 있었기 때문이
다. 죽어서도 기필코 그 애를 만나 원수를 갚겠다는 것이,
그 한이, 그녀를 더 나은 삶으로 나가는 것을 가로막고 있
었다.

복자는 이미 알고 있었다. 은영이 듣고 싶어 하는 말이
무엇인지. 자신의 오랜 상처를 건들까봐 조심하며, 자기 숨
소리를 관찰하고 있는 은영의 마음을 만지고 있었다. 복자
는 은영을 그렇게 생각했다. 나름 관대하게.

"그래? 나 서울로 온 뒤, 동…… 진이네 집에 무슨 일이
있었나보구나?……"

은영은 조심스럽게 조사에 들어갔다.

"그래……. 많아도 아주 많았지. 아주 기가 막히게 끔찍한 일들이. 너도 궁금할 줄 알았어."

복자는 미리 준비라도 했다는 듯 마음자리를 잡았다.

복자가 아기를 가졌을 때, 도망치듯 떠나 버린, 아니 도망쳐버린 동진은 복자에게 다정했던 근본 목적이 따로 있었다. 그는 그랬다. 언제나 은영을 그리워했다. 그 톡 쏘는 콧방귀가 그랬고, 폴폴 날리는 감미로운 여성미가 그랬다. 더구나 자랑스러운 일류 여학교에 다니지 않았는가. 기차를 타려는 많은 여학생 중에서도 은영은 가장 예뻤다. 동진의 눈에는 군계일학! 꼭, 그것이었다. 참으려 해도 보고 싶은 마음이 식을 줄 몰랐다. 서울에서는 어떻게 살고 있는지 무척 궁금했다. 찾아가보고 싶은 마음도 간절했다. 가만 보니 복자는 편지도 주고받으며 사진도 받는 것 같았다. 서울에서 변하고 있는 은영의 모습이 보고 싶었다. 그는 복자에게 갔다. 그녀에게 다정하게 웃어주었다. 생각대로 복자가 자기를 좋아하고 있다는 확신을 가졌다. 그는 가끔씩 복자가 자랑하는 은영의 근황을 듣고 가슴이 설렜다. 동진은 뒤채에 나타나는 일이 잦아졌다. 그러던 어느 날 그는 도둑처럼 몰래 사진 한 장과 주소를 훔쳐냈다.

잔정이 많았던 곰보네도 동진의 그 속내는 전혀 몰랐다. 불쌍한 자신들을, 오갈 데 없고 의지할 데 없는 자신들을 둘이 함께 살도록 해준 것이 고마울 뿐이었다. 설사 어떤 서운함이 있다 해도 불평할 처지는 아니었다. 항상 감사할 따름이었다.

아무튼, 도망을 쳤든 야속하게 떠났든, 그는 한번 떠난 후로 복자라는 존재를 영영 잊어버렸다. 심지어 복자가 아이를 가진 것조차도 모르고 떠났다. 머릿속에 온통 은영이만 담고 서울로 좇아갔다.

1971년엔 제7대 대통령 선거가 있었다. 선거 때면 어김없이 두드러지는 지역감정, 그것은 한동안 계속 되며 마을사람들을 흔들었다. 모두들 불만이 이만저만 아니었다. 사람들 가슴은 가마솥 끓듯 자글자글 끓어댔다. 하지만 누구라도 속 시원하게 어디 투정을 낼 데도 없었다. 그저 만나면 공연한 일로 자기들끼리 언성을 높이며 까칠하게 부딪쳤다. 정치 얘기만 나오면 어김없이 싸움질도 발생했다. 사람들은 그만큼 현 정부에 대한 불만으로 불신이 커져갔다. 왜 대통령은 맨 날 그 사람만 해야 하는지도 불만이었다. 물론 수출을 증대시키고, 경부고속도로를 개통시켰다. 또 서울에서는 지하철 1호선이 기공됐다. 그러나 경제는 점점 성장률이 떨어졌다. 또 삼선개헌 후 2년 만에 치러진 선거에서는, 부정선거 의혹과 지역감정 유포에 대한 비판이 아주 거셌다.

시절이 이렇게 되다보니 이 교장은 안절부절 했다. 팍팍 지지하던 당이 궁지에 몰리는 형국이었다. 그는 마음이 흔들리기 시작했다. 안 그래도 복자 오빠 사망사건이후 사람들 보기가 여간 난처했었다. 체구 상관없이 몸뚱이 처신하기가 아주 어려웠다. 그러나 교장을 넘어서 큰 자리 하나 꿰차려면 사람들 마음을 읽어야 했다. 그는 이리저리 눈치를 살폈다. 궁여지책으로 꿈틀거리기 시작했다. 뒤로 넘어졌지만 코가 깨졌다. 엉뚱하게도 간첩죄를 뒤집어 쓴 것이다.

1972년엔 거대한 사건이 발생했다. 유신체제를 선포한 정부는 잠시지만 비상계엄령까지 내렸다. 국민들은 모두 전시 분위기를 느끼며 불안해했다. 다방이고 음식점이고, 등산 중이거나 거리에서나, 심지어 이웃이나 친구 사이에서도 말조심, 입조심이었다. 모두 마음속 빗장을 단단히 채웠다. 만나도 밥 먹었냐는 것 물음이외는 입을 닫고 몸을 사렸다. 어디에서나 비밀경찰들이 사복으로 깔렸다. 속삭여도 '독재'라는 비슷한 말이면 끌려갈 수 있었다. 그것은 대통령을 모독하고 현 정부를 비난하는, 국가에 절대적 비협조요 이적행동이었다. 어떤 변명이나 조건도 필요 없었다. 무조건 옥살이 신세를 면치 못했다. 그런 시절이 해를 넘어 계속되던 때, 이 교장은 쓸데없는 헛소릴 해댔다. 몸을 사려야 살 수 있는 때에 할 말이 아니었다. 몇 몇 똑똑하다는 사람들 마음을 얻으려고 했던 것이, 그만 커다란 화를 부르고 말았다.

'간접선거는 우리의 권리를 무시한다. 그것은 폭력을 가한 권력의 장기집권을 노리는 안일한 처사다! 독재는 끝나야 한다. 숨도 제대로 못 쉬는 게 무슨 자유냐, 민주주의냐?!' 따위로. 그래서 민심을 혼란케 하고 현 정부를 비난한 죄가 됐다. 그는 날짐승 사이로 날아간 박쥐 꼴이 되어 두 말 없이 옥중으로 가 매달렸다. 크게, 영웅답게 허리를 편 것도 아니고 그저 조금, 아주 조용하게 입술만 벌렸는데도 천리에서 포착하고 달려들었다.

그 애 어머니 이씨네도 힘 떨어지기는 마찬가지였다. 이 교장이 조사 받느라 얼마간 집을 비운 사이, 홀치기 사업에서도 아주 쓴맛을 봤다. 노동력 착취와 폭리라는 사람들의 분노가 날마다 매섭게 치솟았다. 게다가 간첩의 아내라 하여 이리저리 불려 다녔다. 도가니에 몰린 그녀는 어찌 어찌 손도 못 써보고 소리도 없이 어디론가 숨어버렸다. 그 애네 넓은 울타리 안은 경찰들로 시달렸다. 한동안 그랬다. 그리고는 내내 히말라야시다 가시 낙엽만 수북하게 쌓여갔다. 찾아오는 이라곤 아무도 없는 크나큰 집터에서, 복자와 곰보네만 덩그러니 뒤채를 지키고 있었다. 외롭고, 심심하고, 때로는 무서웠다. 아니, 아주 무섭기만 했다. 어쩌다 밖에 나간다 해도 외롭기는 마찬가지였다. 모두들 쉬쉬하며 그

네들을 돌아서고 떠나갔다. 슬프고 허전했다.

그러던 중에도 참 다행스러운 건, 파출소 노총각 김 순경이 가끔씩 찾아 주는 것이었다. 그는 생선 마리 푼이나 고깃점들, 그리고 과일이며 생필품 따위를 드밀고 갔다. 다른 사람들은 감히 얼씬도 못하는 일이었다. 그 애네 집 근처에 잘못 나타났다간 간첩으로 잡혀간다는 소문 때문이었다.

하지만 어기지 않고 아주 자연스럽게 찾아오는 것도 있었다. 세상 인정 사에 휘말리지 않는 자연의 순환, 함박눈이 정겹고 푸근하게 찾아 와 내렸다. 왜 눈은 아름답고 반가운 것일까…… 곰보네와 복자는 푼수처럼 그 눈으로 조금은 시름을 달랠 수 있었다. 눈사람도 만들고, 눈싸움도 하고, 꽁꽁 뭉쳐 냠냠 먹기도 했다. 그녀들은 눈 속에 핀 두 송이 수선화처럼 가냘픈 숨을 쉬고 있었다.

서울에서도 밤새 쉼 없이 함박눈이 쏟아져 내렸다. 눈은 미아리 고개에 들어선 차들에게 거북이 훈련을 시키고 있었다. 집으로 가는 버스 안에서 은영은 피곤한 하루로 흔들거렸다. 복자의 가엾고 초라한 생활과 달리 그녀의 하루는 정신없는 호강의 연속이었다. 두 개 씩의 도시락을 싸들고 다니며 어둡도록 화실에서 꿈을 그렸다. 삶에서 승리하고 성공하기 위한 말없는 투쟁이었다. 그것은 그녀의 오랜 취미의 완성을 위한 것이었다. 미대에 들어가 새로운 작품 활동을 하며 그녀 자신의 특기를 개발하고자 했다.

*1973년

계절에서도 삶에서도 어두운 겨울이 끝났다. 이제 모두에게 화창한 봄날이 찾아왔다. 은영의 봄날은 개나리보다 투명했고 라일락보다 향긋했다. 어쩌면 벚꽃보다 더 화려하게 하늘을 덮고 있었다. 그녀는 경칩 맞은 개구리처럼 캠퍼스에 가득한 봄볕을 헤엄쳐 다녔다.

뒷산 언저리에 뭉치로 달린 아카시 꽃들이 물결 칠 때, 젊은 열기와 환호성이 절정으로 울려나는 대학야구가 시작됐다. 떼로 몰려간 젊음들은 응원으로 고래고래 소리를 질러댔다. 여자 남자 구별할 겨를이 없었다. 서로 자연스럽게 어깨동무를 하고 춤을 추었다. 제법 따가워진 햇볕 아래서지만, 그 몸부림과 최고의 아우성은 청청 하늘을 찌르며 시원하게 퍼졌다. 언론으로 억압받고 행동이 불편한 시대. 젊은 그들은 내지르고 싶은 비판정부의 분노를 함성으로 양껏 쏘아 올렸다. 움츠러진 청춘의 울화통을 고함에 실어 멀리로 팽개쳤다. 야구 방망이에 탁! 하고 볼이 맞으면, 모두들 벌떡 뛰어올랐다. 서울 땅이 진동하도록 함성을 질러댔다. 그러면 울화통이 시원하게 터지며 위로 받는 듯했다. 그래서 토설한 뱃속처럼 시원한 가슴에 젊음들은 다시 희망을 채웠다. 통기타 하나면 미국으로 유럽으로 흥을 몰았다. 청바지 한 벌이면 어떤 유행도 앞에 나서지 못했다. 그들은 낮의 흥을 품은 채 생맥주 집으로 몰려갔다. 한 조끼,

두 조끼 경쾌하게 부딪치며 노래도 불렀다. 현 정부의 부정을 비꼬며 분을 날렸다. 막는 사람들도 없었다. 대학생, 그들은 부러울 것 없는 최고의 청춘이었다.

그렇게 대학야구가 이어지는 때면 은영도 남학생들과 가까워지는 시간을 갖게 됐다. 땀으로 먼지로, 몸부림으로 흥분했던 한낮의 청춘을 붙들고 집에 돌아오기 일쑤였다. 그녀는 가시지 않은 잔상을 흥얼거리며 시원하게 목욕을 시작했다. 다른 무슨 걱정이 있으랴? 내 학교가 이기는 것 말고는. 인생도 응원하는 순간처럼 단순하게 고함치고 마는 것이면 좋겠다고 생각했다.

그림자 아닌 그림자가 되어……. 은영을 따라 돌던 동진은 담배를 꺼내 물었다. 아직도 흥분의 열기를 지닌 채 흥얼거리는 그녀의 콧노래를 들으며, 처량하게 담 밖에나 서 있어야 했다. 그는 어둠에서도 더 초라하게 몸을 숨겼다. 한없이 작아진 자아가 울고 있었다. 자신을 휘감은 모든 열등감을 태워 연기처럼 날리고 싶었다. 짓이겨지는 꽁초처럼 자신의 초라함을 뭉개고 싶었다. 청강생! 돈 푼이나 쥐어주고 얻어낸 학생증. 그래도 매달아야 하는 학교 배지. 그것들로 자신을 표현해야 하는 위선이 한없이 부끄러웠다. 가슴의 배지는 노예들의 화인처럼 숨통을 조여 댔다. 비비꼬인 몸뚱이처럼 불편하고 답답했다. 돈으로 바꾼 그것을 가려야 할지 내놓고 다녀도 좋을지, 주저거리는 자신의 비겁함이 부끄러웠다. 모두 벗어 던지고 당당하게 은영을 이끌고 싶었다. 그녀 앞의 다른 남자들처럼 당당하고 싶었다. 생맥주 조끼를 들이켜도 멋지고 싶었다. 언제나 호쾌한 애인이고 싶었다. 그러나 저만치에서, 어둠 속에서, 그는 쓸쓸히 그녀를 그리며 비에 젖은 까마귀처럼 혼자 울었다. 아버지 이 교장의 옥살이와 엄마의 사업 실패로 집안은 풍비박산이 났다. 다행히 연좌제에 걸리진 않았지만, 한 때는 친척들까지도 제대로 숨을 쉴 수 없었다. 그런 연고로 그도 고통이 많았다. 와중에 치른 예비고사 성적이 형편없었다. 괜찮은 대학엔 도저히 갈 수 없었다. 큰아버지 성화에 급한 대로 기부금을 내고 학생증을 받았다. 그러나 강의 내용이 머릿속에 들어오지 않았다. 떳떳하지 않은 젊음이라 자책했다. 부끄러웠다. 장래에 대한 자신감도 없었다. 하물며 은영을 속이고 그녀 앞에 나타나기는 더욱 괴로웠다.

중학교 때, 학교에 가는 기차에서 자신을 안 보려고 꽃다발을 치켜들던 그녀가 떠올랐다. 처음엔 귀여웠지만, 점점 섭섭해졌다.

‘두고 봐라, 네 앞에 당당하게 나타나 너를 이끌고 말 테니!’

그는 꿈틀거렸다. 솟아나는 용기가 있었다. 하늘아래, 햇살 아래 떳떳한 인생이고 싶었다. 3등, 3등, 완행열차를 타고 고래 사냥을 떠나는 포부 큰 젊음이 부러웠다. 그는 시작 되는 6월 속으로 총대를 메고 뛰어갔다. 무언가를 태우고 싶었다. 무언가를 정확하게 바꾸고 싶었다. 어떤 밝음에도 부끄럽지 않은 자신이고 싶었다. 그는 이글거리는 태양 속으로 정신없이 뛰어갔다.

'제발, 기다려라 조은영! 너에겐 나밖에 없다는 걸 보여주고 말테니!'

복자는 잠시 침묵했다. 울다 마는 개구리 소리가 주기적으로 들려왔다. 그 속에 사랑을 고백하는 소쩍새 메아리가 리듬으로 이어졌다.
서로 마주보다가, 그러다 한 사람이 바로 눕다가, 다시 한 사람이 돌아눕는 긴 침묵이 이어졌다.

"운전하고 오느라 피곤할 텐데, 너, 안 잘래?"

복자는 마치 자지 말고 그날들을 계속 들어 달라는 부탁 같았다.

"괜찮아. 그렇다고 오늘 밤 우리가 잠이나 자야겠어?"

은영은 점점 벗겨지고 있는 남편 태성의 면모가 궁금해 정신이 아주 맑아지고 있었다.

"뭐해, 그럼……? 다 지난 남의 얘긴 걸……."

　그러나 복자는 자는 은영도 깨우고 싶었다. 또한 은영의 속내를 알고 있었다. 그 궁금증을 풀어 줄 생각에, 또 자신의 한을 털어놓고 심은 심정에 미리 허심한 숨을 내쉬었다. 여기까지 어떻게 들어왔냐는 그 눈빛은 만날 때 이미 알고 있었다. 하지만 잊고 싶었다. 어차피 변할 인생이 아니라면 현재를 숨 쉬는 것으로 다 잊어버리고 싶었다. 잊으면 그 고통의 세월들이 없어질 줄 알았다. 그런데 아니었다. 그러자고 애쓰는 그 애씀이 오히려 한을 더 응축시키고 있었다. 복자 자신을 괴롭힌 모든 상대에 대한 분개로 그들의 노예가 돼 있었다. 이젠 풀고 싶었다. 토해내고 싶었다. 솔뿌리로 닦아낸 가마솥처럼 반질하게 씻어내고 싶었다. 어느 땐 정말 그러고 싶었다. 그러나 동조해주거나 위로해줄만한 아무가 없었다. 이제 은영을 만나 이렇게 한 이부자리에 누워 세월을 더듬다 보니, 이때가 기회라 싶었다. 박차를 가하기 위해 은영이 그 세월들을 물어주기 바랐다. 그렇다면 그때의 풍경을 잘 아는 그녀에게 속절없이 한을 털어놓고 싶었다. 그러다 북받치면 엉엉 통곡하며 쏟아내고 싶었다. 그렇게 늦은 위로지만, 다정한 그 위로가 한번이라도 꼭 받아보고 싶었다. 그래야 막혔던 한이 풀릴 것 같았다. 은영이 자신의 마음에 공감하고 동진을 욕하며 함께 슬퍼해주면, 그동안의 우울과 자괴감이 해소될 것 같았다. 여기까지 와 이렇게 살고 있는 자기 삶이 절대 자신의 잘못이 아니라 는 다독임이 듣고 싶었다. 그렇게라도 마음의 상처를 치료 하고 싶었다. 복자는 망설망설 마음을 가다듬었다.

복자의 말머리 더듬는 숨소리가 삭아들수록, 개구리나 소쩍새는 더 크게 소리 내고 있었다. 산속이라고 두꺼운 옷을 입어서인지 은영은 발가락 사이가 답답했다. 게다가 두 사람 서로가 내놓지 못한 심중의 열기가 방안을 덥히고 있었다. 은영은 사뭇 갑갑했다. 생각 같아서는 기초만 남기고 벗어던지고 싶었다.

"세월이 좋긴 좋구나. 이 산속에도 기름보일러를 놓고."
"그래, 덥지? 관리하는 집사가 말을 안 들어. 지 일은 제대로 안하고 딴 짓만 생각하니……."
"자동조절장치가 있을 텐데?"
"모르겠어. 자기 돈 드는 살림이 아니라 그런지 건성이야. 눈빛도 지겨워. 능글맞고."

복자는 한동안 눈을 감은 채 바로 누워있었다. 은영은 보일러 문제가 자기 잘못이나 되는 냥 눈치를 봤다.

"그때, 너는 맨 날 미술공부만 하더니, 서울 가서도 그걸 계속 했어? 그래서 그것으로 대학도 갔어?"

한숨 한 번 길게 낸 복자가 입을 열었다.

"그렇게 보여?"
"응, 풍겨. 나는 재주는 없어도 니가 부럽더라. 너 하는 그것이 어찌 그렇게 샘나고 부럽던지."

복자는 빠르게 몸을 돌려 은영을 보고 누웠다.

"그거 공부해서 뭐했어? 너는 그리는 것보다 맨 날 뭘 만들더라. 헝겊 쪼가리 붙이고, 그 위에 연필 깎은 것도 붙이고, 달걀껍질에 물감 발라서 쪼개 붙이고, 뭐 그런 것도 대학에서 공부할 수 있다니?"
"응, 비슷한 게 있어. 지금은 디자인미술이지만, 그때는 응용미술이라고 했는데, 미술에 관련된 것은 별거 다 있었어. 광고도 하고, 옷감 염색도 하고, 여러 가지 물건들 디자인도 하고."
"으흐?~ 그렇구나? 그래서 뭐했어? 그런 것 배우면 무슨 일 하는데?"
"음, 교수님 소개로 작은 무역회사에 들어갔어. 거기서, 바로 그 시보리, 그 동네 사람들이 했던 홀치기 염색디자인을 했어."
"알겠다~, 너한테 딱이네. 안 봐도 멋지게 잘 했을 거야. 결혼은 언제 했어? 넌 이쁘니까 남자들이 좋아했을 거야. 어디에서 만났어? 학교? 아님 회사에서?"

　은영의 조마조마하던 현실이 드디어 다가왔다. 그러나 아무리 생각해도 오늘은 아니었다. 세수까지 하고 마주한 복자 앞에서 진실고백이란 폭탄을 터뜨리고 싶지 않았다. 아니, 그보다는 도저히 고백 할 수 없었다.

　"응……, 회사에서 사귄 사람은 아니고……."
　"그래? 그럼 대학교 때?"
　"응……, 같은 학교 학생이긴 한데, 그 사람은 1학년 다니다 말고 군대에 갔었어."
　"야, 그럼 너, 기다렸어?"

　복자는 어깨를 괴고 허리를 세웠다.

　"아니, 그 때는 그 사람을 몰랐어. 우리학교 학생인지도 몰랐거든."

　은영은 설레던 옛날을 회상하며 말했다.

　"그럼, 제대하고 너를 찾았나보구나? 야아~ 대단하다. 너를 무지 좋아했나보다. 그치? 으메에~, 부러브라."

　복자는 아예 일어나 앉았다. 무슨 대단한 연속극이나 보는 것처럼.

"야, 그럼, 우리가 42살인데, 큰 애가 고1이면? 어디 보자 …… 그 사람 제대하고……, 어머머, 그 사람 학교 마치지도 않고 결혼했어?"

"응, 그랬어."

"야아~, 학생하고 결혼하다니, 너……, 속도위반한 거 아냐? 어떤 사람인데 그렇게 좋았어? 게다가 남자가 학생이면, 돈은 누가 벌고? 남편 집이 부자였나 보네?"

복자는 크게 히트한 영화라도 되는 냥 호들갑을 떨었다. 침을 질질 흘리는 목소리를 냈다. 은영은 그만 끝내야겠다고 생각했다. 아직은 고백할 때가 절대 아니었다.

"좀 부자이긴 했는데, 손이 귀하다고 떼를 부려서 그렇게 됐어. 너는 어땠어? 갑자기 소식이 끊어져서 궁금했는데?"

그 말에 복자는 갑자기 시들어졌다. 한 서린 숨도 길게 내뿜으며 천정을 보고 힘없이 쓰러졌다.

"억지 같은 일들만 있었어. 소설보다 더 소설 같고 영화보다 더 영화 같은, 그야말로 영혼이 찢어지도록 아팠다고 할까……."

1973년 겨울, 은영은 대학입시 준비로 정신없이 바빴다.

이른 별 늦은 별을 보고 다녔다. 미술학원에서 윙크 한 번 없는 줄리앙을 붙들고 씨름했다. 석고상들을 적당히 앉혀 놓고 한 눈을 감고도 보고, 아예 눈을 감고 더듬어도 보고, 눈을 뜨거나 감아도 오직 그것들의 모습을 더듬느라 허공을 헤매기도 했다. 목탄가루나 물감들로 손톱 밑이 알록달록 했다. 다행히 성적은 좋았다. 하던 대로 유지하고 있으면 괜찮았다. 예술계는 실기실력이 중요했으니까. 게다가 은영은 인생의 여자니, 집안의 딸이니, 사회의 가시내라는 아무런 제약도 받지 않았다. 해주는 밥 먹고 힘들어 죽겠다는 엄살이나 떨며, 자기가 좋아하는 공부를 하면서도 마냥 뻐겼다. 행복에 겨웠다.

그럴 즈음, 곰보네와 둘이 남은 복자는 기막힌 인간사를 치루고 있었다. 그 우람한 개잎갈나무 울창한 동진이네 뒤채에서 해산을 하게 됐다. 진통으로 정신 못 차리는 복자는 그렇다 하고, 먹고 일하고 자는 것밖에 모르던 곰보네는 산파를 불러올 줄도 몰랐다. 집 울타리 밖 사정은 통 모르고 있었기 때문이다. 곰보네가 여러 번 계산한 것으로는 예정일을 사흘이나 남겨 둔 저녁이었다. 밥상을 마주하고 앉았던 복자는 소변 누러 가겠다고 일어섰다. 그러나 발도 떼기 전에 그만 발밑으로 주루룩 소변이 흘러내렸다.

"어매나, 이 사람이, 상 챙길 때 매렸으먼 후딱 댕겨오지 뭐혔다냐?"

곰보네는 걸레질을 시작했다.

"그게 아니라, 느낌만 이상혔는디……."

복자는 다리를 꼬아 오므리며 멈추려 애를 썼다. 그러나 이상하게도 멈추지 않고 계속 흘러내렸다.

"그려? ……? 어매, 알그써. 물주머니가 터진 겨. 애가 나 올랑개비네."

곰보네는 후다닥 일어나 다락에서 보따리 하나를 꺼냈다. 덜덜 떨리는 손으로 보자기를 풀었다. 얌전하고 정성스럽게 준비해 둔 아기 기저귀가 듬뿍 나왔다. 곰보네는 그 기저귀를 복자에게 내밀었다.

사실 곰보네는 두려웠다. 자기가 짐작으로 잡은 예정일이 맞기는 한 것인지, 혹 잘못 짚어 큰 일이 생기는 건 아닌지 사뭇 떨렸다. 이 시점에서, 아무도 없는 고립된 이 집에서, 아무것도 모르는 자기 앞에서, 역시나 아무것도 모르는 복자가 아기를 낳는다는 것이 전쟁보다 두려웠다. 산모에게 무얼 먹일 것이며, 아기는 애비도 없이 무슨 수로 혼자 키울 것인지, 혹 애가 아프면 어쩔 것인지, 모든 것이 포탄보다 더 아찔했다. 곰보네는 주머니를 더듬었다. 손이 바들

바들 떨렸다. 온 사방이 빙빙 돌았다. 피우다 말고 뭉개 두었던 꽁초마디를 끄집어냈다. 불도 붙이지 않은 채 빡빡 빨아 댔다.

"머시 그르케 급혔다냐? 이 엄동설한에 날도 못 채고 나올라 허게? 시방 누가 반길 사람이 있다고……."

먹어보지도 못한 밥상이 떠밀려간 채 숨죽여 있었다. 복자는 다리를 한껏 오므리고 앉아 턱을 덜덜 떨었다.

"아녀어, 그려도 밥은 먹어야 써. 애 낳다 심 떨어지믄 죽는 겨. 싸게 먹자이? 먹고 나서도 되는 일잉게, 심 쓸라먼 양껏 먹어야 혀. 알것냐? 어매에, 참말로 어쩌그나……."

곰보네는 벌떡 일어나 아궁이에 군불을 더 때러 나갔다.

"후딱 먹어라이. 체하지 않게 꼭꼭 씹어서."

버석거리는 히말라야시다 가시낙엽에 불을 붙였다. 호로록 금새 타버렸다. 그녀는 아껴두었던 나뭇가지 몇 개를 더 포개 얹었다.

"어서 먹어어~. 그러고, 자다가도 배 아플랑가 모릉게 내가 잠들어도 막 깨워라이?"

먹어가며 울어가며 정처 없이 가여운 복자를 보니, 곰보네 가슴이 군불보다 더 답답하게 타들어갔다.

"먼 일 났다고 운다냐!?"

곰보네는 빽 하니 소리 한 번 질렀다. 그리고는 콧물을 훔치며 복자를 보듬고 같이 울었다. 그래도 자기 인생사에 복자라도 없었으면 무슨 낙으로 살았을까. 여자가 둘인데 아기 하나 못 키울라고. 곰보네는 복자 등을 다독거리며 울었다.

밤사이 복자가 갈아낸 기저귀가 준비한 걸 다 쓰게 생겼다. 나오는 대로 빠르게 빨아진 그것들은 좁은 방안에 굿당처럼 나불나불 내걸렸다. 꽤나 깊은 잠이 들더라도 반드시 깨우라는 당부도 잊지 않던 곰보네는, 눈이 말똥말똥하고 몸이 빨랐다. 오히려 복자는 그런대로 잘 자고 있었다. 밖은 아직도 밤중이 한창이었다. 내리던 눈송이는 점점 커져 넓은 마당 천지를 그득히 덮어나갔다. 나무들은 무거운 가지를 내저으며 슬픈 눈덩이들을 툭툭 떨어뜨렸다.

불렀던 뱃속에 온통 물만 들어 차 있던 듯, 양수는 밤새 흘러 나왔다. 먼동이 트면서 양수는 어지간히 주춤해졌다. 조금 안정 되자 곰보네는 얼른 더운밥을 차렸다. 달걀 얻어 먹는 것으로 애지중지 아꼈던 닭도 잡았다. 산모가 닭을 먹으면 아이가 닭살을 가지고 태어난다는 속설이 있다. 곰보네는 여간 망설였다. 하지만 이제 어쩔 수 없었다. 그동안 복자가 워낙 먹은 것이 시원찮았기 때문이다. 그러나 그 보약 냄새를 맡으며 복자는 서서히 진통을 시작했다. 이것이 정녕 아기 때문인지 변이 마려워서 인지, 닭 냄새 때문인지, 그녀는 아리송한 배를 자꾸 문질렀다. 배는 아팠다 말았다 반복됐다. 그러다 마침내 본격적인 진통이 시작됐다.

담배 한 개비면 두세 번까지를 나누던 곰보네가, 가끔씩 지르는 복자 고함소리에 머릿속이 허옇게 비어갔다. 자신도 모르게 새것을 꺼내 물고 비비고 또 물었다. 어쩌면 등가죽이 익어버릴 것 같은 뜨거움을 느끼며 복자는 진통으로 힘들어 했다. 가끔씩은 숨이 막힐 지경이라 죽었다 살았다 반복하고 있었다. 진통은 밤송이를 말아 올리듯 심하게 아팠다가도 이내 스르르 풀렸다. 그때는 밀려나는 바닷물을 따르듯 편하게 늘어지며 잠속으로 빠져들었다. 뜨거운 방바닥도 아무런 감각이 없었다. 꿈속에서 뱃놀이도 즐기고 모래바닥에서 조개도 주워가며 사뭇 행복하게 녹아있었다.

"얼래에~, 이 작것 좀 봐. 애는 언제 날려고 자다 말다 헌다냐? 야, 복자야 이것아, 후딱후딱 심 조께 쓰랑게, 뭣혀어?"

벌써 점심도 지나고 다시 해가 스러지기 시작하고 있었

다. 복자가 조금 나아지면 곰보네는 얼른 닭죽을 떠먹이며 상태를 살폈다. 언제는 해가 다르게 떴나? 곰보네는 지는 해를 원망하며 사방을 두리번거렸다. 누구하나 담장 안을 기웃거리는 사람도 없었다. 그녀는 여차하면 행동하려고 가위도 불에 구웠다. 굵은 면실도 삶아 놓고, 물솥에 불도 꺼트리지 않았다. 온 힘을 다해 복자를 지켰다.

"복자야, 이것아, 정신 조께 채려봐라! 심쓰다 말고, 잠은 무신 놈에 잠이여? 후딱 나번지고 자든 말든 혀야지, 그러다 너도 죽고 애도 죽겄어 야!"

복자가 아기만 잘 낳는다면, 곰보네 자신은 죽어도 좋다고 생각했다. 복자와 아기 목숨을 자기와 바꿔도 좋았다. 6·25 때나 천연두에서 죽지 않고 산 목숨, 이때 쓰라는 것 같았다. 입술이 바삭바삭 마르고 심장이 갈가리 찢어졌다.

한편, 복자는 돼지 목 따듯 괴성을 지르며 엄마를 불러댔다. 그러다 또 한참을 조용했다. 잘 놀고 있는 모래밭으로 곰보네가 쳐들어와 난리를 쳤다. 복자는 또 잠 속으로 녹아들고 있었다.

일주일이 지나고, 하루 먼저 돌아온 곰보네는 다시 방에 불을 때고 미역국을 끓였다. 봄에 뜯어 말린 망초나물도 불리고, 쑥물도 끓이고, 늙은 호박을 잡았다. 그야말로 눈코

뜰 새 없이 바빴다. 마을에 변변한 의사도 없는 소소막막 중에 김 순경이 아니었다면, 복자는 영영 그 잠에서 깨어나지 못했을 것이다. 가끔씩 찾아와 굽어보고 가는 김 순경은 쌀이나 콩 같은 기초적인 먹거리와 비누, 치약 등을 두고 가곤 했었다. 곰보네는 아무것도 보이지 않는 눈 속 밤길을 내달아 김 순경을 끌고 왔다. 그가 또 그 눈 속 밤길을 달려 이웃 도시로 그녀들을 싣고 갔다. 그 덕에 복자가 죽기 일보 전에 겨우 병원에 누울 수 있었다.

그렇게 가 보고 싶었던 이웃도시! 기차 지나는 시간이면 그 기적소리에 혼자 눈물짓던 이웃도시! 은영처럼 빛나는 교복을 입지는 않았지만, 그날 복자도 그 도시에 갈 수 있었다. 언제나 부러워만하던 그 도시에 갔다. 하지만 아무것도 모른 체 그녀는 잠만 자다 왔다.

그렇게, 수도 없이 부러워하던 이웃도시에 다녀왔다는 사실을 전혀 모른 체, 복자는 따뜻한 봄볕을 즐기고 있었다. 장독대 뒤꼍 언덕에서 폭포와 같은 장관을 이루며 개나리가 흐드러지게 늘어졌다. 그것은 햇살에 유난히 밝은 노랑을 내보이며 화사하기 그지없었다. 그러나 쪼그려 앉은 복자 가슴속은 아직 지난겨울에 멈춰있었다. 아직도 눈바람 휘이거리는 어두운 저녁을 헤매고 있었다. 텃밭을 오가는 곰보네 역시 봄맞이가 마냥 즐거운 건 아니었다. 볕에 내놓아도 얼굴은 한밤이었고, 밤에도 거의 뜬눈으로 지새우며 웅크리고 앉은 복자를 살폈다. 그러니 개나리는 저 혼자나 흐드러져 봄날을 즐겼다. 복자는 먹는 것 말고는 아무 것도 관심 없었다. 어느 때는 자다 말고 벌떡 일어나 손을 흔들며 소리쳤다.

'오빠, 가지마. 그만 가고 돌아와! 그러다 자빠지것어~'

복자는 애절하게 오빠를 불렀다. 그러나 오빠는 무거운 쌀가마에 가려 잘 보이지 않았다.

'아버지, 그만 때려요. 기침 때문에 쓰러지것어요오.'

언제나 기침을 해대던 아버지, 전화기 앞에서 주판셈을 하던 아버지가 보였다. 퀭한 눈을 이글거리며 화를 집어삼킨 채, 벽에 기대 앉아 헉헉거리고 있었다.

'엄니~, 잠을 잘 수가 없어. 점방이 다 뒤집혔응게.'

이웃집 뚱보네 칠면조들처럼 색색 칠을 하고, 엄마는 깔깔거리며 울고 있었다. 그러다가도 복자는 멀쩡한 얼굴을 하고 곰보네를 다그쳤다.

'엄니, 애는 어디 있는데요? 내가 애를 뱄었잖어요?'

그리고는 이내 천연덕스럽게 노래를 흥얼거리며 개나리

를 즐겼다. 팔자에 눈물만 들었다는 곰보네는 복자의 그런 어처구니없는 모습을 볼 때마다, 꽁초를 더듬느라 눈물도 닦지 못했다.

복자는 그날 죽을힘을 다해 힘을 줬다. 얼마나 힘들고 힘 들었는지 모른다. 그러나 양수가 다 빠진 마른 자궁에서 아 기는 꼼짝도 않고 있었다. 의료진들은 다급한 소리를 냈다. 수술을 하기로 했다. 공기가 무척 부산스러웠다. 복자는 그 뒤로 아무것도 생각나지 않았다. 아기는 제 때에 나오지 못 해 산소부족으로 숨을 거두고 말았다. 그 후로 복자는 아무 것도 생각하려 하지 않았다. 곰보네 눈에는 그렇게 보였다. 너무 슬퍼서 잊고 싶은 것이라 생각했다. 그럴 수도 있겠 지. 차라리 그게 나았다. 매일 울고 짜고 몸부림치면 고역 이니까.

그러며, 그러며 한 달이 되어가던 어느 날, 새벽이 아직 끝자락을 거두지 못한 시간이었다. 꽁지를 꺼드럭거리며 까치 떼가 극성을 떨었다. 간만에 방문을 열고 웅크려있던 복자는 두 무릎 사이에 얼굴을 묻고 귀를 막았다.

"시끄러 죽겠당게에!"

그녀는 발악하듯 소리를 질렀다.

"빌어먹을 놈에 시끼들. 나지막하나 앉었어야 쥐덩일 째든지 헐건디. 어따, 이 놈으 시끼들아!"

곰보네는 물 한 바가지를 들고 나와 멋지게 팔을 뻗었다. 까치가 앉은 가죽나무 꼭대기는커녕, 물은 나무 밑동 근처도 못 미쳐 흩어졌다. 그것도 번쩍하니 떠오른 아침 해에 소르륵 말라갔다.

은영과 복자가 두런거리는 창밖에서도 먼동의 내음이 기웃거렸다.

"아……, 나쁜 사람들이네……."

은영은 어쩔 수 없이 터진 자루처럼 피식피식 말을 내놓았다.

"그치? 그 애 부모가 더 나빠! 인간의 탈을 쓰고 그럴 수 없어. 우리 오빠를 죽인 인간이 자기 자식은 잘 되라고 서울로 보내?!"

복자는 은영의 반응을 기다렸다는 듯 바로 답을 달았다. 은영은 아무 말도 할 수 없었다. 절로 떨리고 숨이 막혔다.

"지금은 어떻게 됐는지 모르겠지만, 모르긴 몰라도 아마 ……, 잘 되진 않았을 거야. 그런 양심을 가진 사람들이 제대로 살고 있다는 건, 말도 안 돼. 정말 하느님이 없다는 증거지. 아주 급살을 맞았거나 살았어도 폭삭 망해서 거지꼴이 됐으면 좋겠어. 그래야 세상이 공평한 것 아니야?"

'아……, 그럴 리가…….'

은영은 그 악담에 머리가 아팠다. 등줄기를 퍼런 전깃불이 훑고 내려갔다. 세상에 그런 일이 있었다니, 도저히 믿을 수 없었다. 복자의 말들을 들은 것이 의심스러웠다. 남편 쪽 사람들은 모두 다정했다. 경우 바르고 인간미 좋았다. 누구에게도 싫은 소리 안 하고, 안 듣고, 조용히 성실하게, 누구보다도 바르게 살고 있었다.

"너도 말문이 막힐 줄 알았어. 믿을 수 없는 일이지. 그런데……, 그 뒤로도 정말 기막힌 일들이 수도 없이 이어졌어."

복자의 말을 들을수록 은영의 머릿속이 까맣게 타버렸다. 차마 남편 가족들 얘기라고 느껴지지 않았다. 절대 아니라고 부정하고 싶었다. 남편은 이태성이지 이동진이 아니었다. 하지만 속고 살았다는 생각이 달려들었다. 동진이 이름도 바꾸고 처음부터 그녀를 모른 체 한 것 등이 그랬다. 분했다. 머리가 욱신거렸다. 부정하고 싶은 발악이 폭

폭 끓었다. 집에 돌아가면 악을 쓰며 따져야겠다. 파렴치한이라며 패주고 싶었다. 피해자인 복자가 눈앞에 있었다. 이건 현실이었다. 그러니 화가 몇 배로 강하게 치밀었다.

"너, 정말 안 자도 되겠어?"

좀 지친 듯, 졸음이 걸러낸 꺼욱한 목소리로 복자가 물었다.

"응? 새벽기도 시간은 몇 시야?"

잠은 벌써부터 달아났다. 분에 떨던 눈을 껌뻑이며 은영은 마음을 다듬었다. 시계를 살폈다.

"아직 시간 반은 남았을 거야. 4시 반에 시작하니까."

의외로 차분해진 복자가 말했다.

"잘 아네. 시계도 안 보고."
"그냥 느낌으로 아는 거야. 뭔지 모르겠는데, 이 시간이면 꿈도 뒤숭숭하고 누가 부르는 것도 아닌데 자꾸 놀라며 깨게 돼. 늦잠 자다가 기도 시간 빼먹을까봐 불안해서 그런지……."

은영은 뭐라 할 말이 없었다. 아니, 아무 말도 생각나지 않았다.

"좀 더 자. 운전하고 갈 건데……."

"응……. 너도. 기도하러 가기 전에……."

"하루 종일 하는 게 기도인데, 뭐. 그리고 이제는 빌 소원
도 없어. 죽었든 살았든 내 곁을 떠난 사람들을 위해 빌
것도 아니고. 더 산다고 크게 영화로울 것도 없고, 그런
나를 위해 새삼 복을 달라 할 것도 아니고. 한 번 쉰다 해
서 죄가 커지는 것도 아니고, 원수 갚는 기도도 이젠 지
쳤어……."

　

복자에게 있어 지옥은 현재였다. 천국 그 어느 반대쪽도
아니었다. 살아온 내내가 그랬고, 지금이 그랬다. 어쩌면
앞으로도 지옥은 연속이라 생각했다. 그래도 기도원에 살
고 있으니, 혹 불쌍히 여김을 받는다면 죽어서 천국에 갈
수 있을지 모른다 생각했다. 그러나 실로 복자는 아무것도
믿지 않았다. 다만 살고 있는 현재가 더 이상 지옥이 아니
기를 바랄 뿐이었다.

　은영은 기도로 용서를 빌 사람은 자신이라고 자책했다.
본인이 저지른 잘못은 아니지만 남편 태성의 죄를 빌어야
했다. 그의 부모들 죄를 빌어야 했다. 아니, 일단은 집에 가
서 확인을 해야 했다. 일방적인 말만 듣고 섣부른 판단을
해서는 안 된다. 그녀는 안절부절 못하는 심장을 다스리며
숨을 골랐다. 아무것도 모르고 즐겁게 살아왔다. 행복에 겹

지 않았나? 그런 자기 가족에 대한 끔찍한 얘기를 어찌 받아들여야 할지, 은영은 앞이 캄캄했다.

"잠자기는 틀린 것 같아. 네가 고생을 너무 많이 했어. 그 뒤는…… 어땠어?"

은영은 날이 밝기 전에, 기도원을 떠나기 전에 모든 걸 듣고 싶었다.

그날 아침, 까치가 곰보네 물바가지를 비웃으며 한참을 떠들고 가더니, 뜻밖에도 이씨네가 돌아왔다. 예전의 당당하고 억척스럽던 모습은 흔적도 없었다. 그녀는 한복자락을 끌어 여미며 조심스럽게 들어왔다. 그리고는 굳이 뒤채까지 스미듯 찾아왔다. 이씨네는 따라오는 이에게 어서 오라는 손짓을 보냈다. 자전거를 이끌고 머쓱하게 나타난 이는 김 순경이었다. 그는 아프지도 않은 배를 슬슬 문지르며 알궂은 웃음을 지었다. 이씨네 속삭이는 소리에 곰보네는 나가 떨어졌다.

"그렇게, 시방……, 어매에, 그렇게……, 어이구 사모님!"

곰보네는 퍼렇게 질려 버렸다. 말을 제대로 잇지 못하고 손만 내저었다. 무엇으로도 숨이 돌아설 것 같지 않았다.

"그렇게, 내가 다시 올 때꺼지 따순 밥 먹고 있을라면 입조심 혀요. 그런 줄 알고 갈텡게, 김 순경허고 알어서 잘혀보랑게요?"

'그것도 말이라고, 말을 다 마쳤다고, 그러면 모든 것이 다 된 것이라고?'

곰보네는 기도 안 찼다. 어이없었다. 사람이 할 짓이 아니었다. 그러거나 말거나 이씨네는 치마폭을 휘잡은 채 뱀처럼 빠져나갔다. 복자는 아예 안중에도 없었다. 한 마디도 내지 못한 곰보네는 휘젓던 손을 허공에 매달았다. 그리고는 사라지는 이씨네와 꼴사납게 서있는 김 순경을 번갈아 지적했다. 어차피 곁에 있어도 복자는 귀머거리요 벙어리나 다름없었다. 꼴에 눈은 제대로인지, 여자라고, 김 순경을 보고는 수줍다며 몸을 비비꼬고 있었다.

'큰일이여, 이걸 어쩐다냐⋯⋯. 암껏도 모르는 이 팔푼이나 다름없는 불쌍헌 것을, 시상에⋯⋯. 그려어. 돈 없고 집안 없으면 어디 사람이간디? 기냥 짐승 시킨 겨. 큰일이여! 참말 어쩐다냐 이 불쌍헌 것을. 그려도 내가 끄리고 산다면 모를까, 어디 가면 사람 대접이나 받을라고? 어쩐다 참말로 큰일났당게⋯⋯.'

곰보네는 껍데기만 남은 복자를 흘겨가며 보따리 하나

를 눈물로 가득 챙겼다. 팔푼이든 병신이든 어쨌든 복자와 서로 의지하며 빈 집을 지키고 있었는데, 그나마 복자가 떠나면 자기는 어찌 살 것인지, 정말 막막했다. 무엇보다 온전치 못한 복자를 김 순경에게 딸려 보낸다는 것이 기가 막히고 안쓰러웠다. 자기 뜻은 아니지만 죄짓는 마음이었다. 곰보네는 연신 눈물 콧물을 훔쳐가며 껄떡껄떡 울었다.

히죽거리는 복자를 먼저 태운 김 순경은, 곰보네가 미처 내놓지도 않은 보따리를 낚아챘다. 그리고는 복자품에 질러줬다. 그는 어서 떠나려, 도망치려, 헛 인사를 내 던지며 힘차게 페달을 밟았다. 곰보네는 그를 두들겨 패고 싶었다. 옆에 부지깽이라도 있었으면 좋으련만, 그녀는 머리에 둘렀던 수건을 냅다 잡아챘다. 그것을 몽둥이 삼아 휙휙 휘둘렀다. 그래도 자전거는 멀리 도망쳤다. 곰보네는 바락바락 악을 쓰며 발을 굴렀다.

"김가, 이 놈아! 그 돈으로 갸 병 못 고치먼 니 놈은 사람도 아녀. 알것냐? 니 놈 죽고 나 죽는다이? 행여라도 살다 그만뒀다간 내 손에 죽을 줄 알어라 이 놈아!"

곰보네는 속살이 다 보이도록 치맛자락을 움켜쥐고 뛰었다. 신으나 마나한 검정 고무신을 발딱 벗어던졌다. 자전거 자국을 따라나서며 발버둥 쳤다. 억울한 설움이 복받쳤다. 철퍼덕 주저앉아 억, 억 울었다.

"앗따, 꼼보딱지 아줌니! 그렸짜 봤자 헛일인디요? 죽지 말고 오래나 사시면 쓰겠서이. 또 만나장게요~"

김 순경은 마당을 두어 번 돌음 질했다. 그렇게 이죽거리다 떠났다. 그러는 두 사람 사이에서 복자는 엉덩이를 들썩거리며 좋아라 했다. 참으로 행복하게 웃고 있었다.

그렇게 복자는 떠났다. 뒤도 돌아보지 않고 즐겁게 떠나갔다. 아니, 불쌍하게도 바보처럼 실려 갔다. 제 집 팔고, 가게 물건들 다 처분해서 마련했던 돈들은 이씨네 손에서 모두 조각났다. 양심이라고 하기에는 너무도 순진한 생각이지만, 어쨌든 이씨네는 푼돈을 가져왔다. 복자네 전체 재산에 비하면 그것은 분명 푼돈이나 다름없었다. 그리고는 김 순경에게 복자를 묶어 보냈다. 기막힌 그 사연이야 어찌됐든 복자는 그저 좋기만 했다. 오빠 등에 꼭 붙었다. 은영이와 함께 오빠 자전거 뒤에서 신나게 달리고 있었다. 쑥을 캐며 헤집던 논둑을 지나갔다. 숨바꼭질하며 놀던 정자를 지나갔다. 물놀이하던 수로를 따라 그 둑길을 달렸다. 무엇보다 신나게 떠나갔다.

복자는 그렇게 김 순경 등에 꼭 붙어 마냥 행복하게 웃었다.

그렇게 기차를 타고 갔다지

중학교 1학년 때, 매일 아침 기차를 타러 걸어가는 은영을 보는 것은 복자의 고통이었다. 고문이었다. 월요일이면 더욱 그랬다. 은영은 한 아름 꽃을 안고 멋진 교복을 입었다. 얼굴은 상큼하고 온몸에 빛이 났다. 그런 은영을 보는 것은 슬픔의 희열이었다. 안 보고 견디는 것보다 보고 확인하는 것이 나았다. 차라리 고통을 줄여주는 약이었다. 동진이와 은영이가 함께 간다는 의심에서 벗어나게 해주기 때문이었다. 그러나 복자는 속으로 울었다. 이래도 부럽고 저래도 부러웠다. 죽을 만큼 아프고 슬펐다. 더구나 사무치게 그리운 동진이와 은영이 한 기차를 타고 가다니, 복자는 제발 꿈에서라도 그렇게 동진이와 한 기차를 타고 싶었다. 그리고 그들처럼 도시의 학교에 가고 싶었다. 화려한 꽃다발은 없어도 좋았다. 정말이지 꼭 한 번 그렇게 동진이와 한 기차를 타고 싶었다. 기차의 기적 소리는 천국으로 가는 나팔소리 같았다.

오늘 복자도 기차를 탔다. 그러나 동진이도 은영이도 없는 기차였다. 창밖이 무서웠다. 뭔가 알 수 없는 것들이 휙휙 지나쳤기 때문이다. 평소에도 가끔씩 보이는 시커먼 그림자들과 같았다. 복자는 몸을 웅크렸다. 그러다 멀리 보리밭이 보이면 고개를 들었다. 하지만 사람들이 보리밭과 함께 사라지는 것은 무척 섭섭했다. 보이는 것은 모두 사라지고 멀어졌다. 아닌 것이라면, 마치 제자리에서 빙빙 도는 듯한 커다란 산이었다. 그것이 복자에게 아는 체를 했다. 그녀는 반갑게 손을 흔들었다. 뭔지 모를 정이 느껴졌다. 그 산에 들어가 앉으면 마음이 편할 것 같았다. 그 산이 떠나가면 그녀는 고개를 돌려 한없이 산을 뒤따라갔다.

기차는 한창 신나게 달렸다. 마을이고 들판이고, 강이나 산속까지 막무가내로 달렸다. 그러나 복자 생각은 멈춰 있었다. 뭔가를 생각할 줄 몰랐다. 아무것도 생각나지 않았다. 그냥 보이는 것들만 보고 있었다. 밝게 보이면 즐거웠고 어둡게 보이면 무서웠다. 특히 굴속을 달릴 때면 무서움이 더 커졌다. 따강~ 따공~ 하는 소리만 들릴 뿐 아무것도 보이지 않았기 때문이다. 그때마다 복자는 잘게 떨었다. 어두운 것은 항상 그녀를 불안하게 했다. 쿨럭거리는 아버지가 매를 들고 나타나 소리쳤다. 페달을 힘겹게 돌리는 오빠 다리가 보였다. 그 다리들은 몸에서 떨어진 채 이리 저리 돌아 다녔다. 칠면조보다 더 요란한 얼굴로 엄마가 깔깔대며 우는 모습이 보였다. 고아원에 간 동생들이 울고 있는 모습도 보였다. 알 수도 없는 갓난아기가 찢어지게 우는 소리도 들렸다. 복자는 머리를 파묻고 괴로워했다. 그러다 다시 굴 밖으로 나와 모든 것이 밝아지면, 그것 역시 두렵고 불안했다. 그나마 보고 싶던 피붙이들이 모두 사라졌기 때문이다. 견디기 어려운 슬픔이었다. 그럴 때면 복자는 잠시 정상인의 눈빛을 하기도 했다. 두려움이 반복되던 그녀는 김 순경을 바라보았다. 그는 구두까지 벗고 두 다리를 꼬아 복자 쪽으로 발을 올리고 있었다. 팔짱을 끼고 고개를 떨군 채 눈을 감고 있었다. 그러다가도 가끔은 복자를 살폈다. 시계를 보기도 하고, 창을 열고 밖으로 목을 빼 정거장 이름을 중얼거리기도 했다. 또 잠시는 주머니칼을 꺼내 삶은 달걀을 자르기도 하고, 복자에게 물을 주기도 했다.

김 순경, 그의 신나는 꿈은 벌써 서울에 도착했다. 변두리에 자그마한 이층 건물을 하나 샀다. 아니, 지우고 삼층 건물을 샀다. 일층에는 음식점을 두고, 이층에는 당구장을 차렸다. 살림집은 삼층으로 했다. 아니, 일층에 다방을 차릴까? 아니면 가게를 차릴까? 지웠다 그렸다 아주 바빴다. 가슴에 품은 돈다발을 어루만지며 속으로 비실비실 웃었다. 생각 같아서는 어딘가로 가서 휘파람을 불고 싶었다. 그보다는 복자 몰래 아무 정거장이나 슬쩍 내려 홀가분하게 도망치고 싶었다. 지금까지 기차를 타고 오는 동안 꼭 그렇게 하고 싶은 때가 여러 번 있었다. 그러나 끝내 못했다. 남아서 꾸물대는 개미코털 만한 양심이 무서웠다. 복자와 눈이 마주칠 때마다 그놈의 양심이 불쑥거려 몹시 불쾌했다. 그녀의 백치 같은 웃음이 메스껍고 역겨웠다. 차라리 눈을 감고 자는 척 하는 것이 편했다. 그러면서도 왠지 모를 연민이 일기도 했다. 그것은 손바닥만 한 마을에서 같은 공기를 마시고 살았다는 정인지도 몰랐다.

거리는 이미 어두웠다. 제법 불어오는 바람으로 모든 불빛들이 흔들거렸다. 허공에서 번쩍이는 불빛들이 복자를 어지럽게 했다. 왼쪽으로 갈 때는 초록이었다가, 다시 오른쪽으로 갈 때면 빨강으로 달렸기 때문이다. 그녀는 보따리를 한껏 의지하고 김 순경 뒤꿈치를 바싹 따랐다.

"잘 쫓아오거라이? 여그가 바야흐로 서울이니께. 눈 뜨고 코 비가는 디가 여그여. 찌끔만 딴디를 봤다먼 날 놓쳐분다이, 알것냐?"

김 순경은 잔소리를 해가며 앞서 걸었다.

버스를 탔다. 복자는 처음 타보는 차였다. 이렇게 큰 차는 본 적도 없었다. 미군들이 몰고 가며 껌이나 초콜릿을 던져주던 트럭보다 높고 길었다.

"오라이야!"

안내양이 버스 몸을 탕탕 두드렸다. 복자는 모든 것이 신기하고 정신없었다. 덜컹거릴 때마다 엉덩이가 떴다 내렸다. 볼떼기도 털렁대며 요동쳤다. 앞 의자를 잡지 않으면 나동그라질 것 같았다. 복자가 얼른 의자를 잡자 보따리가 데구르르 떨어져나갔다. 그 보따리를 잡으려다 그녀는 엎어지고 말았다. 김 순경이 눈을 부라렸다. 그녀를 한 대 쥐어박고는 제자리에 쳐 박았다. 몇 안 되는 사람들은 대부분 술에 취한 남자들뿐이었다. 버스는 그렇게 어디로, 어디로 한참을 달려갔다. 그리고는 요란하던 네온이 사라진 어두운 길로 들어섰다. 마침내 어느 공터에서 버스가 멈췄다. 드문드문 서있는 가로등은 제 발밑만 겨우 밝히고 있었다. 서울역에서 여기까지가 노선인 버스 종점이었다. 복자에게는 참으로 길고 긴 길이었다. 어쩌면 우주에 닿은 것처럼 멀고 두려웠다.

"야, 싸게 내려라이!"

김 순경은 뒤도 보지 않고 혼자 걸어갔다.

"어어, 아자씨, 같이 가요오."

복자는 바들거리며 죽기 살기로 따라 내렸다. 아직 불을 밝힌 가게들이 여럿 있었다. 홍등을 내걸고 짜장면을 파는 왕서방네가 보였다. 복자는 물론 김 순경도 먹어본 일 없는 짜장면이었다. 그 옆으로 잡동사니 생필품을 파는 민수네, 그리고 멋나라 옷가게, 또 약국이나 다른 음식점도 몇 있었다. 복자가 살던 동네에서는 밤에 은하수 불빛만으로 충분했었다. 그러나 지금은 별세계에 와있는 듯했다. 모든 것이 낯설고 어리둥절했다. 정신이 하나도 없었다.

김 순경은 음식점으로 들어갔다. 복자도 몹시 배가 고팠다.

"너고 나고, 일단은 몸보신 쪼께 허야쓰겄어이?"

그는 이것저것 주문했다. 식당 주인은 그들을 슬금슬금 살폈다. 석쇠 위에서 피거품을 조르락거리며 고기가 익어갔다. 복자는 품은 보따리를 더욱 조여 안았다. 벌겋게 달아오른 연탄이 무서웠다. 뜨거워 발버둥치는 고기들은 더 무서웠다. 여차하면 김 순경이 어디로 가버리지 않을까, 그것도 두려웠다. 고향을 떠나자 김 순경은 복자를 함부로 대했다. 걸핏하면 쥐어박고 윽박지르고 협박했다. 말씨도 행동도 거칠었다.

"야, 야, 누가 촌년 아니랠깨비. 그 놈으 보따리 조께 내려놔라!"

김 순경은 잔 그득히 소주를 따르며 복자를 흘겼다.

"야야, 역까지 오니라고 너도 수고 많이 혔다. 이 놈 괴기한 점에다가 이거 한 잔 캬~ 들이키먼? 기분이 찌끔 좋아질 것이여. 자, 먹어봐라잉? 이것 쪼께 먹어봐."

김 순경은 고기를 쫍쫍거리며 복자에게 소주잔을 내밀었다. 그녀는 고개를 돌리고 도리질을 했다. 그는 협박하듯 인상을 썼다. 그리고는 아예 손에 쥐어 주고 억지로 입에 가져다 먹였다.

"첨이는 쪼께 쓸랑가 몰라도 기냥 넘기고 나먼 달달 헐 거셔. 너그 어매를 닮었으면 이까짓 한 잔은 아무 것도 아니잖여? 아나, 이 괴기도 한 점 먹어봐. 피곤이 싹 가시먼서 얼매나 좋은지."

복자는 배도 고프고 목도 말랐다. 더 버티고 싶지 않았다. 소주잔을 받고 꿀꺽 마셨다. 처음 먹을 때는 진저리나게 썼다. 그러나 고기하고 먹으니 제법 맛있었다. 기분이 좋았다. 그것이 목구멍을 타고 내려가며 조화를 부리기 시작했다. 어깻죽지를 주무르며 뭉글뭉글 뭉갰다. 아사사 무릎마디를 풀어헤치며 온몸을 나른하게 주물렀다.

'엄니는 안 그렸는디이. 엄니는 병 채로 들이마시고 춤
도 추고 노래도 불렀는디이. 날마다…… 날마다…….'

복자는 고개를 돌려가며 가게 안을 둘러보았다. 빙빙 돌
았다. 김 순경이 귀신처럼 흐물거렸다. 고개 밑으로 바닥이
움푹 움푹 파였다. 빠질 것처럼 어지러웠다. 그녀는 자신도
모르게 픽픽 웃었다. 김 순경은 고추장에 꾹꾹 누른 고기를
상추에 싸서 애지중지 먹였다. 아예 자기 손으로 꾹꾹 밀어
넣었다. 복자는 냠냠 잘 먹었다.

"꼭꼭 씹어봐라잉? 그리고, 자, 자, 한 번 더 마셔봐아. 이
것, 한 번 맛을 봤다 허면 댐이도 또 생각날 꺼셔."

그는 또 한 잔 소주를 받쳐 들고 복자 입에 부어 넣었다.

"엇따, 누구 딸년인지 몰라도 잘 마시는구마이."

그는 얄궂게 실실 웃어가며 질겅질겅 고기를 씹었다. 복
자는 눈을 감고 흔들렸다. 깔깔대고 웃는 엄마 얼굴이 보였
다. 은영이하고 빨랫감을 들고 나갔던 수로도 보였다. 물속
에 들어앉아 수영한다고 허우적거리던 일이 보였다. 그럴
때는 잠시 즐거웠다. 그러나 이내 슬퍼졌다. 왠지 모르게
슬퍼서 질질 울었다. 그리고 다시 웃었다. 알 수 없었다.

"이히히히, 아이고~ 울엄니, 칠면조 같어. 수로에 거
머리가 있었지이. 얼래에 ~ 애기가 도망가네~"

복자는 부둥켜안고 있던 보따리를 팽개쳤다. 울었다 웃
었다, 아무 말이나 중얼거렸다. 김 순경은 식당 주인 눈치
를 보며 복자 입을 틀어막았다. 얼른 밥값을 내고 나뒹굴어
진 보따리를 챙겨 들었다. 그리고는 바쁘게 복자를 끌고 가
게를 나왔다. 복자는 거의 김 순경에게 들려갔다.

여인숙은 좁은 골목 안 깊숙한 곳에 있었다. 주인은 그들
을 위아래로 살피며 복도 맨 끝 방으로 안내했다.

"김 순경이 뭘 안다고 야단여요? 우리 오빠를 이 교장이
죽였을 때, 이 나쁜 놈아, 또 우리 엄니가 도망갔을 때도,
너는 귀경만 혔잖어어? 너, 이 나쁜 놈아~"

여인숙 남자가 주전자와 물 컵이 놓인 쟁반을 들고 왔다.

"꼼보 아줌니 말대로 너도 죽을 줄 알어잉? 이 나쁜 놈
아! 내가 암 껏도 몰르는 것 같냐? 너는 쥑일 수 있응게
두고 봐라 이 놈아!, 죽을 줄 알란 말여어~!"

복자는 김 순경 옷을 쥐어뜯고 살기를 부렸다. 그러나 술
기운이 심해 늘어진 테이프처럼 질질거렸다. 김 순경은 실
실거리며 웃기나 했다. 이 밤을 즐겁게 보낼 생각에 기분이

좋았다. 복자 투정이 오히려 귀엽기만 했다. 그는 뱀장어처럼 흐늘거리며 얌전히 당하고 있었다. 여인숙 남자는 갑자기 붕어 같은 눈을 희번덕거리며 입을 쩍 벌렸다. 그리고는 빠르게 문을 닫았다. 벗겨진 머리를 쓰다듬으며 잠시 생각을 하다가 급하게 자리를 떴다.

순간! 온몸에 가시가 돋치는 카랑한 발상이 김 순경에게 솟아올랐다. 그로 인해 가슴이 덜렁거렸다. 손발이 달달 떨렸다. 얼른 일어났다. 방금 여인숙 남자가 닫고 간 문을 빠끔히 열어보았다. 그는 왔다 갔다 하는 정신을 다듬느라 다리가 후들거렸다. 귓속에서 잉잉거리는 소리가 났다. 다시 한 발을 내고 밖을 살폈다. 넓지도 길지도 않은 복도였다. 희미한 전등하나가 부옇게 흔들리고 있었다. 안개 낀 부두처럼 시야가 답답했다.

마치 정상인 같았던 복자는 이불자락에 업어져 있었다. 잠꼬대도 아닌 푸념들로 버둥거렸다. 이를 갈았으나 거의 잠에 이르렀다. 김 순경은 애초에 궁리하던 일의 방향을 돌렸다. 그는 복자를 흔들어 깨워봤다. 그녀는 거의 죽은 사람처럼 늘어져 대꾸가 없었다. 김 순경은 안주머니에 고이 품었던 돈다발을 꺼냈다. 그리고는 바지 주머니를 더듬었다. 그대로 있었다. 주머니칼을 확인하며 징그럽게 웃었다.

복자는 자신을 흔들어 깨우는 것을 느꼈다. 눈을 뜨려 애

썼다. 바싹 마른입술은 아예 잇몸에 붙었고, 혓바닥은 멸치처럼 말랐다. 내숭을 떨라치면 헛소리 몇 마디는 더 나올 만큼 머리가 혼란스러웠다. 개운치 않은 머릿속이 무겁게 흔들렸다. 뭔가 지린 것도 같고 썩는 것도 같은 습한 냄새가 났다. 매스꺼움이 목구멍까지 올라왔다. 시끄러운 소리들이 났다. 그러자 속이 더욱 심하게 울렁거렸다. 게다가 누군가가 자신을 몹시 흔들었다. 겨우 눈을 뜨려는데, 웬 발들이 여러 개 보였다. 그 발들은 신발을 신은 채 분주하게 굴러다니며 시끄러운 소리를 냈다.

"여기 이것도 찍을까요?"
"그렇지, 조심하고. 현장 모든 것을 주의해서 다루라고!"
"반장님, 이 아가씨 눈 떴습니다."
"그래? 잘 세우고 빨리 옷 입혀! 사진 찍었지?"
"예! 웬 놈의 정사가 이렇게 잔인하대요. 잘 놀았으면 좋았을 것을~"

너무 시끄러웠다. 정신이 하나도 없었다. 뭐가 이렇게 시끄러운지, 복자는 다 귀찮았다. 모든 것이 싫었다. 어머니 박씨네가 도망친 아침, 똥보네가 악을 쓰며 휘젓던 집안이 떠올랐다.

"그만혀요, 아줌니. 그만 두란 말여요!"

복자는 어지러운 머리를 거머쥐고 몸부림쳤다.

"허, 이 아가씨, 맛이 제대로 갔구먼? 술이 아직 덜 깼어.
우리 보고 아줌니란다."
"이 형사! 저 창문도 마저 열지. 냄새가 너무 지독해."
"그러게 말입니다. 술 냄새, 피 냄새, 매 번 겪는 일인데
도 매 번 이렇게 구역질이 나니, 에이 씨~"

창문이 활짝 열렸다. 기다리고 있던 바람들이 몰려들었
다. 복자 엄마가 떠나던 아침과 같이 해는 한창 바쁘게 피
어나고 있었다. 복자는 머리가 깨질 듯이 아팠다. 아무것도
들리지 않았다. 아무것도 보이지 않았다. 바람이 다시 밀려
들자 어렴풋하게 보이기 시작했다. 다시 들리기 시작했다.
그러다 쏜살같이 달려와 그녀 눈으로 정확하게 들어왔다.
귀도 활짝 열렸다. 먼저는 웬 남자가 팬티 차림으로 문 앞
에 엎어져 있었다. 잠을 자는 것 같았다. 그러나 배 밑으로
엄청난 피를 깔고 있었다. 그리고 피는 여기 저기, 벽에도
이불에도 묻어 있었다. 복자는 꼼짝도 할 수 없었다. 아무
소리도 낼 수 없었다. 어떤 남자가 퍽퍽 플래시를 터트리며
누운 남자를 요리조리 찍어댔다.

"아가씨, 술 다 깼어요?"

퍽 퍽 번쩍이는 번개와 함께 남자의 질문이 들렸다. 그

소리에 복자는 반사적으로 고개를 들었다. 사정없이 플래시가 터지고 또 터지며 남자들 세 넷이 자기를 내려다보고 있었다. 복자는 한 손으로 눈을 가리고 이불을 끌어당기며 뒤로 주춤거렸다. 자신의 알몸이 보였다. 역시 군데군데 피가 묻어 있었다. 깜짝 놀랐다. 어찌된 영문인지 도무지 모르겠다. 창피했다. 그녀는 벽으로 가 붙으며 이불을 코까지 끌어 올렸다. 이것이 정녕 꿈은 아닌지, 눈을 크게 뜨고 사방을 둘러봤다.

　"어, 이봐 들! 이 아가씨 정신이 든 모양이야. 빨리 옷 입히고 데려가. 현장 사진들 다 찍었으면 증거품 잘 챙기고. 자, 빨리 이동하자구!"

　그들은 기계처럼 착착 움직였다. 김 순경은 들것에 올려 흰 천에 덮여 나갔다. 복자는 수갑에 채워져 어깻죽지를 들린 채 두 명의 남자에게 끌려갔다.

　은영은 벌떡 일어났다. 복자에게 그런 일들이 벌어졌다니, 뻔뻔하게 누워있을 수 없었다. 마치 '너 이년!'하며 복자가 밟거나 걷어차지 않을까 두려웠다.

　"기가 막히지? 그러니 난 어쨌겠어? 지금도 그렇지만, 아무 생각도 안 나고 머리만 아팠지. 술을 마셔서 그런지 어지럽고 머리가 쪼개지듯 쑤시고 정신없었어."

"그럼, 정말 김 순경을 네가 죽인 거야?"

"너, 뭐야~, 당연 아니지. 하지만 그때는 다들 그러더라구. 내가 죽였다고. 그 여인숙 남자가 증인이래. 기가 막혀. 난 아무것도 생각나지 않는데, 정말 아무것도 생각나지 않았어. 사실 어떻게 그곳까지 갔는지도 몰랐어. 신기해. 기억이 하나도 안 나. 어쩜 그렇게 기억이 안 나는지, 지금 생각해도 귀신한테 홀린 것 같아."

복자는 길게 한숨을 뿜었다.

"그러니까, 그 뒤로 범인이 밝혀졌어? 누가 죽였는지?"

은영은 두 손으로 복자 손을 꼭 잡았다.

"당연하지. 한참은 내가 죽인 걸로 됐었지만. 여인숙 남자가 자기 두 눈으로 똑똑히 보고 두 귀로 생생하게 들었다며 신고했으니까."

"그래? 뭘 보고, 뭘 들었대?"

"내가 그 놈을 죽인다고 협박하는 걸 들었대. 그런데, 아침에도 소리가 없어 문을 열어보니 김 순경이 죽어있더래. 나는 칼을 쥐고 있고. 그래서 신고 했대."

"어머나…… . 니가 칼을 쥐고 있었대? 칼을 어디서 났어?

그때 너는 제정신도 아니었잖아? 게다가 술까지 마셨구. 그런데 어떻게 힘 센 남자를 죽여?"

"그러게 말이야. 야, 그래도 세상에, 억울하게 죽으란 법은 없더라."

복자도 무엇에 신이나 난 듯 벌떡 일어나 앉았다.

"김 순경, 고 놈이 날 어떻게 이용하려 했는지 모르지만, 어디, 경찰들이 장님이냐? 괜히 경찰이라 하겠어? 조사해보면 다 나올 걸? 여인숙 고 놈이 김 순경을 죽이고 돈을 몽땅 훔쳐간 거지."

"어머나……, 네가 아니라 다행이긴 하지만……."

"그게, 뒤집어씌운다고 감춰지는 게 아녀. 돈이 좋긴 한가 봐. 사람까지 죽이고 훔쳐가게. 하지만 살인도 아무나 허는 게 아니더라구. 웬만큼 머리가 좋아서는 안 되겠더라 야. 그것도 박사를 따야 할 거 같애."

"얘 좀 봐. 남 얘기하듯 하네?"

은영은 살짝 긴장에서 벗어났다.

"김 순경 고 놈이……, 아마 처음에는 엉뚱한 생각을 했었나 봐. 혼자 잘 살려고. 지가 나를 죽이고 여인숙 남자가 침입한 것으로 하려고. 그런데 거꾸로 된 거야. 내가 제

정신도 아니고 취해서 고 놈하고 실랑이 하는데, 그때 여인숙 남자가 들어온 거야. 물주전자하고 컵이 든 쟁반을 들고. 그때 돈다발을 봤나봐. 그리고는 우리가 깊이 잠들어 있을 때 열쇠로 열고 들어온 거지. 그리고는 김 순경 고 놈을 칼로 찔러 죽이고는 내게 덮어씌운 거야. 자기도 너무 깊이 자고 있어서 까맣게 몰랐다나 어쨌다나."

"김 순경 그 자가 처음엔 너를 헤치고 도망가려 했었구나? 야~, 무서운 놈, 나쁜 놈이네······."

은영은 부르르 떨며 복자를 안았다.

"모르겠어. 칼을 왜 가지고 있었는지. 아마 여인숙 남자가 내 손에 쥐어줬겠지. 아무튼 김 순경 고 놈은 죽었으니까. 이제 강도를 잡아야 했지. 여인숙 남자를 증인으로 불러 이것저것 물어보다가 범인인 걸 안 거야. 등신! 돌대가리가 돈만 보였지, 돈 욕심에 눈이 멀었지······."

"세상에나, 돈이 얼마나 있었기에 그 난리였다니?"

"제법 있었지. 물론 우리 재산 처분한 것의 극히 일부였지만. 여기 기도원에 올 때도 좀 가져올 정도였으니까."

"정말······, 돈 때문에 별 짓을 다하네. 죽었지만 진짜 나쁜 인간이다. 순경이란 사람이 그럴 수 있어? 한 동네에서 다 알고 지낸 사이에?"

"그러게 사람이 무섭다는 거야. 순경이 뭐 별거야? 동네 떠돌이가 어쩌다 문고리 잘 잡은 거지. 인간이 얼마나 잔인하고 사악한데. 자기 욕심과 이익에만 빠져서 남은 사람으로 보이지 않는 거야. 그래서 인간이 짐승보다 더 무섭다는 거지. 김 순경 고 놈보다 더 사악하고 무서운 인간은? 여인숙 남자지. 그보다 더 무섭고 나쁜 인간은 바로 동진이 엄마야! 그 여자? 정말 지독하게 나쁜 여자야. 죽어서도 용서할 수 없어. 동진이 놈도 그렇고, 그 애아버지도 그래. 걔네 식구들은 모두 천벌 받아야 해!"

동진이란 이름이 나오는 순간 은영은 다시 얼어버렸다. 간이 파르르 떨렸다. 머리가 냉랭하게 아팠다. 아무것도 모르는 자기 가족에게 복자는 한을 품고 이를 갈고 있었다. 복자가 용서 못할 엄청난 잘못을 저지른 동진이네라는 것에 충격이 컸다. 복자가 말을 할수록 남편 태성에 대한 분노가 치밀었다. 아니, 다시 생각하면 자기 집안 일이 아닌 듯했다. 복자 고향의 어떤 일화처럼 들렸다.

"니가 상상이나 했겠니? 교장 사모님이라고 우아하게 빼던 것만 봤지? 그런데, 그러고도 벌 받지 않으면, 정말 하느님이고 뭐고 신은 없는 거야. 이 교장이 우리 재산을 모두 팔아서 그 여자 사업에 쏟아 부었다더라. 그때 우리 동네 여자들 거의가 일을 했었어. 니가 디자인 했다는 그 시보리 홀치기를 했지. 또 속눈썹 짜고 가발도 짜고 정신없었어. 본인들은 물론, 애들 밥도 못 챙길 정도로 모두 바빴어. 애를 등에 업고 일하는 건 아무것도 아니었지. 처음엔 그만큼 사람들이 돈을 많이 벌었대. 그런데 갈수록 품삯이 적어지더니, 나중에는 몇 달씩 안 주고 밀렸더란다. 그러더니 나중에는 아예 다 떼먹고 도망갔다지 뭐야. 왠지 알아? 이 교장 빼내려고 돈을 많이 썼대. 실은 내가 확인해 본 건 아니고, 내 동생들 때문에 소식을 묻다가 자자한 소문을 들었어. 동진이 엄마, 그 여자 사업이 잘 되면 내 돈을 갚으려 했는지 모르지만, 아무튼 나쁜 여자야. 나쁜 연놈들이야. 벼락 맞아야해!"

'아아……, 연놈들이라니……, 벼락을, 아, 어쩌면 좋아 …….'

은영은 아무 말도 못했다. 그 동생들 소식은 감히 물을 수도 없었다. 게다가 우아하게 빼고 다녔다는 사모님은 본 적도 없었다. 아무튼 전혀 모르는 어떤 사람들 얘기 같았다. 그런데, 그게 누구도 아닌 동진이네라니, 바로 자기 남편의 부모님 얘기라니…….

"너도 기가 막히지? 그래, 말이 안 나올 거야. 그 두 사람

지금 쯤 천벌 받아 죽지 않았나 몰라. 아주 지독한 벌을 받고 죽었음 좋겠어. 뿐만 아니라 그 자손들도 벌을 받아야해. 나보다 더 처절하고 비참하게 살면서 고통을 맛봐야해. 꼭 그래야 해. 그래야 내가 죽어도 분하지 않겠어! 죽기 전에 찾아보고 싶어. 어떻게 살고 있는지. 살아있기만 해봐라, 꼭 천벌을 받게 할 테니!"

복자는 지금도 분에 못 이겨 이를 달달 떨었다. 은영은 여전히 숨을 죽이고 있었다. 천벌 받아 죽어야할 사람들, 그리고 처절하게 고통의 맛을 봐야할 자손들을 생각하며 온 몸에 한기가 돌았다. 집에 있는 아이들이 떠올랐다.

'아, 안 돼!'

은영은 속으로 비명을 지르며 마음으로 아이들을 감싸안았다.

복자는 결국 소리 내어 흑흑 울었다. 미미하나봐 공감해 줄 수 있는 사람이 있다는 것에, 그것도 친했던 옛 친구에게 털어 놨다는 것에, 그 속 시원함에 위로 받은 느낌으로 뭉친 분통을 풀어내고 있었다. 은영도 따라 울었다. 복자 인생이 너무 슬퍼서 울었다. 그 속에 남편과 시댁이 원흉이라는 것에 놀라서 울었다. 지금까지 속고 있었다는 것에 속상해서 울었다. 저주를 받고 있는 가족들이 안쓰러워 울었다.

"복자야, 미안해. 그렇게나 모진 고생을 했다니, 내가 정말 미안해. 정말 미안해 복자야."

"니가 왜 미안해? 너는 상관도 없는 얘긴데. 말한 내가 미안하지. 그런데, 나는 정말 이런 얘기가 하고 싶었어. 나를, 내 사정을 좀 아는 사람에게 다 늘어놓고 싶었어. 그래서 맞장구도 쳐주고 위로도 해주며 나를 달래줬으면 했어. 그래야 내 한이 좀 풀릴 것 같았거든. 니가 다는 몰라도 어느 정도는 나를 알고 있으니, 이렇게 속을 풀 수 있어서 정말 좋아. 내 말 들어주고 함께 울어줘서 고마워 은영아. 정말 고마워. 이제 속이 좀 풀리는 것 같아."

둘이는 손을 마주잡고 한참을 더 울었다. 복자 마음은 점점 풀려갔다. 그럴수록 은영의 마음은 점점 더 얽혀갔다. 복자의 상처가 그녀에게 옮아가고 있었다. 물론 새 발의 피라고 할 수 있겠지만, 쓰리고 숨이 막혔다. 남편 가족들이 이렇게까지 끔찍하고 악독할 줄은 몰랐다. 정말 상상도 못할 일이었다. 늑대의 탈을 쓴 인간이라더니, 이게 정말 사실일까? 은영은 깊은 사색에 잠겼다.

"그런데, 여기는 어떻게 왔어? 서울에서도 한참이나 먼 곳인데……."

은영은 이내 정신을 차리고 조심스럽게 물었다.

"나도 잘 모르겠어. 내 운명에 무슨 지도가 있었나봐. 목적지가 여기로 돼버렸게. 사실 동진이네에서 어떻게 서울로 왔는지도 몰라. 애를 잃어버린 것도 전혀 생각이 안 나고. 그 충격이 컸는지, 아니면……, 동진이 고 놈 때문인지, 내가 맛이 좀 갔었어. 정말 까맣게 생각이 안 났어. 지금도 그래. 답답하게도 전혀 생각이 안 나. 그러니까 여인숙에서 사건이 있은 후, 정신병원으로 갔지."

"정신병원? 아……, 기억이 안 난다는 것으로?"

"꼭 그때문은 아니고, 범인 누명은 벗었지만, 기억상실로 내가 사는 곳도 모르고 아무것도 몰랐거든. 이것저것 검사하고 보호 차원에서 일단 정신병원으로 간 거야. 내게 신원을 알만한 아무 것도 없었으니까. 그런데, 참……, 죽으라는 법은 없다더니, 거기에서 어떤 아주머니를 만났어. 지금 생각해도 정말 천사 같은 분이셨어. 곰보네와 헤어진 후 내게는 진짜 엄마 같은 분이셨어. 물론 내 생각이지만. 그 분은 참 다정하셨고 내가 의지할만한 유일한 사람이셨어. 일주일에 한 번씩 나를 찾아오셨는데, 그때마다 화장품이나 먹을 것, 입을 것, 책들을 가져다주셨어. 용기도 주시고 희망도 주시고……."

복자가 해산할 때 죽을 고생을 했다. 아기를 쉽게 빼려고 많이 절개했다. 게다가 죽어라고 힘을 써서 자궁 끈이 늘어졌다. 그 후유증으로 일어서기만 해도 자궁이 빠져나왔다. 주먹만 한 것이 가지처럼 피멍을 하고 빠지기 일쑤였다. 그것을 제 때 제대로 치료하지 않아 세균에 감염됐다. 염증과 악취가 심해 결국 자궁적출 수술을 했다. 복자는 정신병원에서 다시 산부인과 병원에 입원했다. 그 때 그 아주머니가 보호자가 되어 모든 것을 주선하고 처리해줬다. 다행히 수술은 잘 됐고 회복도 빨랐다. 입원 중 아주머니는 사흘을 꼬박 지극정성으로 간호해줬다. 그러나 어찌된 일인지 나흘부터는 소식이 끊겼다. 복자 마음이 불안했다. 몹시 기다렸다. 기다리고 또 기다렸다. 그러나 전화도 없었다. 복자는 체념했다. 내 복에 무슨 호강이 들었다고 그런 보호를 받을까. 꼭 죽지 않을 정도에서 버려진다고 생각했다. 사는 일이 너무 힘들었다. 무엇 때문에 살아야하는지 알 수 없었다. 앞으로 더 살면서 또 어떤 힘든 일이 다가올지 무서웠다. 자꾸 불안했다. 잠도 잘 수 없었다. 가슴이 자근자근 아렸다. 몸이 으시시 자꾸 떨렸다. 머릿속은 찬바람이 든 듯 붕붕거렸다. 밥도 먹고 싶지 않았다. 그냥 죽어버렸으면 했다. 정말 죽고 싶었다. 우울감이 깊어지며 에너지가 빠져나갔다. 복자는 눈물을 흘리며 화장실에 갔다. 혼자 링거를 치켜들고 불편하기 짝이 없게 볼일을 봤다. 처량한 주제를 살피며 거울을 봤다. 씻지도 못하고 머리도 감지 못해 꼴이 엉망이었다. 얼굴도 더 검어졌고 우거지상을 한 몰골이었다. 눈물이 주루루룩 흘렀다. 서러웠다. 자신이 너무 가여워 질질 울었다. 어릴 적 보았던 개나리떡이 생각났다. 초등학교 길을 따라 개나리떡이라는 정신 나간 여자가 돌아다녔다. 머리는 산발을 하고 검부러기를 달고 다녔다. 그녀는 미묘한 고린내를 풍기며 히히덕거렸고, 침을 퉤퉤 뱉어가며 알 수 없는 소리들을 지껄였다. 사람들은 그녀에게 돌을 던지고, 자기 집 앞을 기웃거리면 구정물을 끼얹으며 내쫓았다. 복자는 그 여자 옷자락을 나뭇가지로 들추고 몸을 찌르며 놀렸었다. 그걸 다른 여자 아이들 앞에서 용감한 척 재기도 했다. 그러나 지금 거울 속 자신을 보고 있자니 그 개나리떡보다 더 추했다. 기가 막혔다. 복자는 그 자리에 주저앉아 엉엉 울었다. 발을 비벼가며 악을 쓰고 울었다. 사는 게 지겨워 발버둥 쳤다. 바늘 꼽힌 자리에서 줄을 타고 피가 역으로 흘렀다. 잡히는 대로 줄을 걷어 팽개쳤다. 링거병 깨진 자리에서 미끄러지고 말았다. 팔딱거리며 뒹굴었다.

은영이 화들짝 놀랐다.

"놀라지 마라? 지금은 살아 있잖아. 무슨 목숨이 그렇게 질긴지, 잘도 살아나더라. 전생에 오뚜기였는지."

복자가 한참을 자고 깨어날 때, 누군가를 느끼게 됐다. 이마를 쓸어 넘기며 자신을 부르고 있는 다정한 소리를 들었다. 따스하게 잡아준 손길을 느꼈다. 그녀는 자기도 모르게 엄마를 불렀다. 그럴 리도 없는 '엄마'냐고 묻고 싶었다.

"그래, 그 아주머니가 돌아오셨어. 조금 아프셨대. 소식도 없이 안 와서 미안하다고 하셨지. 그때 내가 얼마나 편안하고 기뻤는지 알아? 천국인 줄 착각할 정도였어. 퇴원 날은 다가오는데, 어떻게 해야 할지 막막했거든. 또 어디로 가야할지 걱정이었어. 그 아주머니가 내 보호자를 자청하셔서 정신병원에는 가지 않게 됐어. 그래서 여기까지 온 거야. 얼마쯤 목돈을 내면 기도 방 한 칸을 빌려주고 공짜로 먹고 자게 해주니, 내게는 딱 좋았지."

"아, 다행이다. 그래서 여기까지 먼 길을 왔구나. 좋은 아주머니를 만나 정말 행운이다. 지금도 만나고 지내?"

"아니야……. 지금은 소식도 몰라. 전화번호도 바뀌었고. 여기 오고 처음엔 한 달에 한 번씩 오셨어. 계속 정신과 치료는 받았으니까. 그래도 애 낳은 거랑 서울에 온 것은 생각이 안 나. 여러 가지 치료와 상담을 받았어도 그건 생각이 안 나. 지금 이만큼 제정신인 건 다 그 아주머니 사랑 덕이라 생각해. 여기가 좀 멀잖아. 다니는 차도 없고. 오시기가 여간 힘드실 텐데도 필요한 물건들을 가져오셨어. 참 다정하게 정을 주셨지. 그렇게 2년쯤 지나면서 정신병원 치료가 끝났어. 그러자 아주머니는 일 년에 두 번 정도 오시더라구. 그리고는 점점 벌어지며 일 년에 한 번 정도 다녀가셨어. 그래도 오실 때는 내손을 꼭 잡아주시고, 어느 때는 눈물도 흘리셨어. 어떨 때 보면 꼭 내게 무슨 잘못이라도 하신 것처럼 안절부절 하셨지. 그럴 때는 참 이상하더라. 어디서 좀 뵌 분도 같고, 예전에 알았던 사람 아닌가 하는 생각도 들고, 어딘지 참 이상했어. 어쨌든 지금은 몰라. 소식 끊어진지가 아마……, 한 십 년 되는 것 같아. 아무래도 연세가 많아지시니 여기 오시는 게 힘드셨겠지. 잠시 천사가 다녀가신 것 아닌가 할 때도 있었어. 기도원에서 살다보니 그런 생각도 들더라."

"그랬구나. 정말 신기한 일이네……. 어떤 사람이셨을까? 정말 천사였을지도 모르겠다. 그렇게 때를 맞춰서 돕는 사람이 생기는 건 흔한 일이 아니거든."

"그러게 말이야. 정말 신기해. 나를 어떻게 알고 도와주셨는지……. 여기에서 별 탈 없이 지내게 되니까 안 오시는 것도 그래. 그때 병원비도 다 내셔서 내 돈은 하나도 안 썼거든. 생각할수록 신기한 분이셨어. 지금도 가끔 생각나. 보고 싶고."

"그렇겠지. 성함은 알아?"

"그러게……, 그것도 몰라. 알아볼 생각도 못했어."

"그럼 뭐라고 불렀어?"

"권사님이라고 했어. 의사들이 그렇게 불렀거든. 교회에 다니셨나봐."

"응……, 그러신가 보다. 이 기도원에도 자주 다니셨나 봐. 그러니까 너를 여기 있도록 주선해주셨지."

"그래……, 그럴 수도 있어."

복자는 사뭇 그리움에 잠겼다. 은영은 그 아주머니란 사람에 대해 생각이 떠나지 않았다. 복자의 표현들을 곰곰 되짚어 봤다.

"너, 뭘 생각해?"

"어? 아니 그냥……, 집에 갈 생각이 나서."

"그래, 벌써 밖이 훠언~ 허다야. 아침은 먹고 떠나야지."

"아니, 잠을 잘 못자서 그런지 밥 생각은 없어. 배부르면 가면서 졸릴 것 같아. 그냥 갈게."

"그래? 그럼, 커피라도 마시고 가. 졸면 큰일이잖아."

"음……, 그럼 타 가지고 가면서 마실게."

모두 거절하는 것도 복자에게 미안했다. 하지만 어서 집에 가고 싶었다. 아무래도 조용히 생각하며 마음을 다스릴 필요가 있었다. 시간을 두고 관점을 달리하기로 했다. 그래도 남편이나 시부모님께 알아볼 것들을 정리해야했다.

어제와 달리 바람이 차고 는개가 사방으로 휘저었다. 그것이 은영의 심장으로 젖어들었다. 심장 가득 한기를 몰고 오며 몸과 영혼을 시리게 했다.

지구 반대편처럼

복자의 삶이 북극의 추위와 어둠을 헤매고 있을 때, 은영은 만발하는 꽃 속에서 화창한 봄날을 맞고 있었다. 이젠 대학 4학년이 되어 졸업 작품을 준비하느라 바빴다. 종일 작업에 매달리기도 했다. 또 취직 준비도 해야 해서 여러 가지로 신경 쓸 일이 많아졌다. 실력도 좋아야 하지만, 운이 좋아야 졸업 전에 좋은 직장에 갈 수 있었다. 머리 아프고 지칠 때면 사격 동아리 팀들과 태릉사격장으로 몰려갔다. 시시한 공기총이었지만 과녁에서 매번 정 중앙을 쏘는 사람은 그녀뿐이었다. 그곳 코치 한 사람이 선수하라며 열심히 권했다. 그러나 은영은 그럴 생각이 추호도 없었다. 그냥 즐기고 싶었을 뿐이다. 빵 빵 총을 쏘고 나면 온몸이 홀가분해졌다. 어떤 스트레스가 총알에 실려 터지듯 했다. 처음엔 한 발 이외는 다 엉뚱하게 날아가고 만 줄 알았다. 그러나 모두 중앙에 맞히는 실력이었다. 그녀는 방아쇠 당기는 그 순간의 맛에 빠지고 말았다. 의심 없이 백발백중이란 자신감이 드는 것이 매력 있었다. 그것은 지친 몸을 회복하는데 큰 힘이 됐다.

사격동아리에 신입생 회원이 들어왔다. 그는 그다지 큰 키는 아니었지만 그런대로 용모가 괜찮았다. 은영은 이상하게도 그에게 낯설지 않은 묘한 친근감이 들었다. 더구나 그는 은영에게 깍듯한 선배 대접을 해주며 이것저것 잘 챙겨줬다. 자기는 딱딱한 공대생이라 소개했다. 그녀가 미술을 하는 것에 대해 많은 호감과 관심을 가지고 있다고 했다. 학년으로 하면 까마득한 후배였지만, 그가 군대에 다녀오느라 나이는 동갑이었다. 어차피 과는 틀려 직속 후배는 아니었어도 사격에 취미가 같아 둘은 점점 친해졌다. 은영은 이러려고 처음부터 낯설지 않았나보다 생각했다.

여름방학이 지나고 나자 지도교수는 취직에 대해 많은 정보를 줬다. 그녀는 졸업하고 나서 학원 선생님을 할까 했었다. 가르치는 일이 적성에 잘 맞았고, 대학원에 가서 공부할만한 형편은 아니었기 때문이다. 그러나 교수는 일자리가 있을 때 먼저 잡는 것이 좋다고 했다. 나중에 돈 벌면 차차 대학원 공부를 하라했다. 그 후에는 자기 밑에 와서 조교를 하다가 교수를 하라고 권했다. 그녀도 그게 좋겠다는 생각이 들었다.

가을이 되자 은영은 교수 추천으로 무역회사에 들어갔다. 일본이나 미국, 유럽 등 여러 나라와 무역을 하는 회사였다. 전체 직원은 70여 명되는 작은 회사였지만 매출은 좋았다. 그녀는 일본 기모노에 들어갈 홀치기무늬를 디자인하는 일을 담당했다.

3월이 되자 회사에서 처음으로 신입사원을 공개채용 했다. 필기시험에 합격한 8명의 그럴싸한 남자들이 면접을 보러왔다. 그날은 24살 이상 노처녀들이 아름답게 빼입고, 미장원에 들러 출근하는 해프닝도 벌어졌다. 78년 당시 여자 나이 24살로 은영도 만만치 않은 나이였지만, 매일 회사로 전화 거는 남자가 있다는 이유로 노처녀 대열에서 빠졌다. 아무튼 어린 여자 직원들은 샘플실에서 바빴다. 절대 그곳을 나와 돌아다니지 말라는 주의를 단단히 받았다. 그곳에서 열심히 준비한 다과는 노처녀 언니들이 정성스럽게 날랐다. 그렇게 행사를 치른 후 5명의 신입사원이 들어왔다. 3명은 무역 파트에 배치됐고, 두 명은 그녀가 속해 있는 기획개발실에 오게 됐다. 그들을 환영하기 위해 과장은 점심을 쏘기로 했다. 아랍어를 전공한 용수는 자기가 알고 있는 멋진 식당을 소개했다. 그곳에서 생소한 이태리 음식들을 먹었다. 가무스름한 얼굴에 한쪽 보조개가 있는 그 사람은 배짱도 있고 유머도 있고, 카리스마도 있었다. 게다가 출신학교도 좋았지만 집안도 좋다는데, 그 이태리 식당을 알고 있다는 것에 은영은 마음이 끌렸다. 종일 도안실에서 무늬 그리기에 바빴지만, 가끔 화장실에 가면서 그를 훔쳐보는 즐거움이 여간 좋았다. 그도 은영이 마음에 있었는지 퇴근 후에 차를 마시자고 청했다. 자기가 신입이니 잘 봐달라며 한 턱 낸다고 했다. 게다가 자기 친구도 한 명 올 테니 그녀도 친구를 한 명 데리고 오라 했다. 그녀는 흔쾌히 그러자고 했다. 총무 팀에 있는 친구 숙희에게 말을 전하자, 그녀는 쌍수를 들고 좋아 했다.

시계를 확인하며 설레는 시간을 보내는 퇴근 무렵 5시. 교환실에서 전화가 왔다. 아니, 태성에게서 전화가 왔다. 매번 그랬듯 퇴근 한 시간 전인데 벌써 그 음악다방에 와 있다고 했다. 그간은 그런대로 좋았는데, 오늘은 왠지 짜증이 났다. 새로 온 사원인 용수는 군대에 다녀와서 대학을 졸업한 어른인데, 태성은 겨우 2학년이니 어린애 같았다. 그녀도 차츰 결혼에 대해 생각할 때이니만큼, 아무래도 태성은 아니었다. 오늘 회사에서 회식이 있다며, 그녀는 망설임 없이 단호하게 잘랐다.

퇴근 후 은영은 숙희와 팔짱을 끼고 약속한 다방으로 갔다. 용수는 장미 한 송이와 사탕 봉지를 선물로 내밀었다. 그녀 가슴이 통통 튀었다. 그와 함께 온 친구는 싱글벙글 성격 좋게 생긴 훈남이었다. 숙희도 즐거운 표정이었다. 다방에서 주스를 마시고 나와 모두 생맥주 집으로 갔다. 그곳은 한껏 은은한 조명을 담고 있어 비밀스러운 젊음을 지켜주기에 알맞았다. 또한 주체할 수 없는 흥을 발산할 수 있었다. 무대에서는 연주와 노래가 한창이었다. 하얀 옷을 입은 여섯 명의 보컬이 해변으로 가자고 속삭였다. 푸른 조명을 받은 그들은 마치 푸른 옷을 입은 듯 환상적인 분위기를 내고 있었다. 이른 저녁이었지만 벌써 많은 젊은이들이 그 분위기에 젖어 있었다. 자기가 좋아하는 노래나 함께 온 짝에게 들려주고 싶은 노래를 쪽지에 적어 내기도 했다. 그러면 무대의 가수들이 직접 불러주기도 하고, DJ가 판을 틀어주기도 했다. 시끄러운 분위기라 개인적인 이야기는 주고받기 어려웠다. 그래도 은영은 네 살 더 먹은 용수의 삶이 궁금했다. 무슨 생각을 하고 있는지, 어떤 계획을 세우고 있는지, 어쩌면 그녀 자신과는 별천지에 살고 있는 사람처럼 느껴졌다. 특히는 생소하기 짝이 없는 아랍어를 전공했다는 것이 무척 궁금했다. 도대체 아랍어 쓸 일이 어디 있을까, 웃음도 났다. 공부는 못했던 모양이라고 짐작했다. 아랍어라니. 아무튼 맥주 조끼를 들어 건배를 하고 얘기를 나누었다. 은영은 초등학교 이후 처음으로 이성에 대한 신비를 느낀 즐거운 날이었다. 생맥주도 많이 마셨다. 드디어 자신이 성인이라는 실감에 젖었다. 태성은 안중에도 없었다.

어쨌든 새로운 경험을 한 그녀는 회사생활이 날로 즐거웠다. 일본에서도 그녀가 디자인한 무늬가 인기 있다며 무척 반응이 좋았다. 상상 속에 펼쳐지는 감성들을 그림으로 그렸다. 그것이 다시 실크에 그려진다는 것의 매력이 참 짜릿했다. 만원버스에 끼어 출근하는 것도 전혀 싫지 않았다. 그러나 그녀 아버지는 너무 오래 근무하지 말라했다. 지금이라도 좋은 사람 만나 결혼하라고 했다. 직장을 다니는 이유도 많은 남자들을 만나보라는 의미였다. 그리고 '네 신랑감은 네가 고르라'며 다그치셨다. 물론 결혼하면 직장은 당연히 그만둬야 했다. 당시 풍습이 그랬다. 결혼하고도 여자가 일을 가지면 팔자가 세다했다. 다소곳이 집안에서 아이 낳아 기르고 알뜰하게 살림하면서, 남편 내조 잘하는 것이 최고의 행복이었다. 심지어 결혼하고도 일하는 여자를 흉보기도 했다. 불쌍하게 보거나 기이한 물건 취급을 했다. 그래서 결혼 전에는 잘 다니던 좋은 직장도 그만 둬야 했다. 집에서 신부수업이란 걸 해야만 했다. 그래야 신붓감으로 최고란 소리를 들었다.

그러나 은영은 달랐다. 결혼보다는 하는 일이 재미있고 보람 있었다. 일본인 바이어가 찾아와 만나는 일도 많았다. 그래서 퇴근 후에는 일어 학원에 다니며 일어공부도 했다.

집에서는 엄마와 일어로 대화하며 실력을 키웠다. 결혼 후에도 일을 계속하고 싶었다. 물론 회사에서는 결혼과 동시에 그만 둬야 했다. 하지만 찾아보면 방법이 있을 거라 생각했다. 꼭 회사가 아니라도 일을 하고 싶었다. 일을 할 때의 성취감과 희열을 놓치고 싶지 않았다. 마음은 진정 그랬다.

하지만 태성의 자세가 만만치 않았다. 어떤 핑계에도 불구하고 그녀가 집으로 돌아가는 시간에는 어김없이 나타났다. 학교 공부하기에도 바쁜 사람이 무척이나 지극정성이었다. 그래도 은영은 사랑이란 감정을 느끼지 않았다. 게다가 태성은 아직 학생이니 용수를 사귀게 되면 결혼이 빨라질 것 같았다. 순전히 그녀 생각이지만 그랬다. 숙희는 벌써 용수 친구와 연인이 되어 있었다. 그들은 오는 가을에 결혼 할 거라며 슬슬 퇴사 준비를 하고 있었다. 그러고 보니 용수는 어쩐지 미지근한 게 친구를 따라하지 않았다. 그냥 은영을 귀여워하고 다정하게는 대했지만, 숙희 팀처럼 애정표현이 없었다. 은영은 그것이 또 화가 났다. 자신도 용수에게 진실하게 다가가지 않으면서도 그랬다. 숙희가 질투 나고 부러웠다. 자기는 매력이 없는 것 아닌지 걱정스러웠다. 갈수록 못마땅하고 짜증났다. 노처녀 히스테리인지 뭔지.

은영은 대학에 다닐 때도 인기는 많았다. 하지만 딱히 사랑하는 사람은 없었다. 항상 무리로 어울려 다녔어도 짝은 없었다. 다른 사람들은 나름대로 짝이 있었는데, 그녀만 그랬다. 게다가 태성과 가까이 지내고부터는 아무도 접근하지 않았다. 그녀가 학교를 졸업하고도 태성의 대학축제 때는 그의 파트너로 참석했다. 그래서 농담 반 진담 반으로 그녀는 태성의 애인이라고 알려졌다. 그러거나 말거나 은영은 별 신경을 안 썼다. 그러나 이제는 좀 따져보게 됐다. 태성의 근본 마음이 무엇인지. 그래서 더 사귈 것인지 말 것인지에 대해 결정하려 했다. 사정상 용수에게 몰입해야 했으니까.

그러던 중, 용수가 사표를 냈다. 넷이서 송별회를 하는 날, 용수는 사귀던 애인과 헤어졌다고 푸념했다. 그동안 가슴이 너무도 아팠다며, 결국 사우디아라비아로 떠난다고 했다.

'뭐야? 이런 미친······'

은영은 어처구니가 없었다. '그런 주제에 내게 눈짓을 보내다니'라고 생각하자 화가 났다. 사연이 그래서 자신에게 미지근했을까? 생각할수록 기분 나빴다. 혼자 오해하며 이런 저런 꿈을 꾸던 것이 자존심 상했다. 신경질 났다. 몸에 벌레가 붙은 듯 오글거렸다. 부르르 떨었다.

'숙희는 알았을까? 나쁜 기집애, 알면서 모른 체하고 있

었나?'

　하지만 숙희도 모르고 있었다. 오히려 은영을 위로하는 듯한, 자기잘못이나 되는 냥 순한 눈으로 쳐다봤다. 은영은 화장실에 간다며 그 자리를 나왔다. 괜스레 눈물도 났다. 세상 중에 자기만 버려진 느낌이 들었다. 심히 외로웠다. 그럴수록 숙희가 부러웠다. 얼마나 행복에 젖어있는지. 결혼할 만큼 사랑하는 사람이 있다는 것이 조건 없이 부러웠다. 그렇다고 자기가 용수를 진하게 사랑한 것도 아니면서 그랬다. 그래도 허전했다. 그녀는 공중전화 앞에서 마음을 다듬었다. 태성을 불렀다. 제발 시험공부나 열심히 하라고 야단쳤던 그를. 그는 한걸음에 달려왔다. 총알보다 더 빠르게 날아왔다.

　은영은 직장생활과 일어공부로 정신없었다. 그래서 평일에는 태성과 만나기 어려웠다. 매번 일요일이나 휴일을 기다렸다. 태성과 만나면 그녀는 한껏 연인다운 모습으로 즐겼다. 먼저 종로2가 사격장에서 권총사격을 했다. 이는 그들이 사격 동아리에서 만나게 되었던 만큼, 어떤 의식 같은 것과 서로 같은 취미를 동시에 즐기는 것이었다. 그리고는 비원으로 갔다. 아름다운 나무들이 울창한 했다. 그것은 상큼한 공기와 더불어 신비로움을 주고 있었다. 연못에 아직 연꽃이 남아있었다. 그 위로 고추잠자리가 앉을 자리를 찾고 있었다. 그 옛날 복자와 마주섰던 학교 연못이 떠올랐다. 잠시 복자 생각이 났다. 따돌림 당하던 어린 자신이 떠올랐다.

'지집애. 어디서 어떻게 지내고 있는지……'

그녀와 태성은 벤치에 앉았다. 둘이가 그렇게 진지한 데이트를 하기는 처음이었다. 그녀는 그 분위기가 왠지 어색하지 않았다. 태성은 자꾸만 빠끔히 그녀를 바라보았다. 그녀는 부러 얼굴을 가까이 대고 애교 있게 웃었다. 예전에 없던 묘한 친근감이 들었다. 아침부터 부지런을 떨어 준비한 샌드위치와 커피, 과일들을 펼쳤다.

"그런데, 너……, 고향이 어디야?"

은영의 물음에 태성은 주춤하는 표정을 지었다.

"지방이지? 음……, 경상도는 분명 아니고……, 가끔 내가 아는 지방 분위기가 들리는데, 어디야?"
"……, 거기 맞아. 너 아는 데."

태성은 차분하게 말했다. 그러나 참 다정하고 사랑 넘치는 표정이었다.

"그래? 너, 그럼…… 전북이야?"

"응. 미륵이야."

"뭐? 미륵? 야, 내가 미륵 아는지 네가 어떻게 알았어?"

은영은 깜짝 놀랐다. 태성이 자기에 대해 많은 것을 알아봤다는 것에 은근히 좋기도 했다. 무엇보다 미륵이란 소리가 너무 반가웠다.

"미륵 어디? 나도 초등학교는 미륵에서 다녔는데?"

"응, 나도."

"뭐? 너도? 웬일이니? 거기 초등학교 하나밖에 없었는데?"

"맞아."

태성은 이미 각오하고 있다는 듯, 어쩌면 뻔뻔스럽게 대답했다.

"뭐라고? 와~ 신기해. 그런데……, 너를 본 기억이 없어. 미안하지만 이름도 몰랐고. 와, 그래도 우리가 서울에서 만나다니. 그때 나는 한 반이었던 애들도 다 몰라. 더구나 5학년, 6학년 때는 여자들끼리만 한 반이어서 더 몰라. 또 우리 아버지께서 집하고 학교 외에는 밖에 못나가게 하셔서 동네도 잘 몰라. 그러면……, 너는 나 알고 있었어?"

태성은 아무 말 없이 그냥 웃기만 했다. 여전히 사랑 그 윽한 얼굴로 그녀를 보았다. 그리고 잠시 땅바닥을 발로 문 지르고 있었다. 그럴 때면 뭔지 그녀가 아는 얼굴 같기도 했다. 또 전혀 처음 보는 얼굴이기도 했다. 아리송~ 아리송 ~ 양면이 다른 가면처럼 돌아섰다 바로 섰다 했다.

　"몰랐나보구나? 우리가 한 반을 지내본 일이 없었으니 까. 그러면, 너 거기서 나고 자랐어?"
　"응. 고등학교 2학년 때 서울로 왔어."
　"그렇구나? 그런데 내가 미륵에서 살았던 건 어떻게 알 았어?"

　태성은 은영의 손을 잡았다. 그리고는 다독다독 하다가 쓰다듬었다. 뭔가 하려는 말에 뜸을 들이고 있었다.

　"몰랐어도 괜찮아. 그렇게 미안해하지 않아도 돼. 나도 너 몰랐으니까. 그때 애들이 좀 많았어? 우리 6학년 하 나만 해도 700명은 됐으니까. 그리고 나는 여섯 살 때 거기로 이사 가서 중학교 1학년 여름방학에 서울로 왔으 니까, 한…… 8년 살았나봐. 거기에 가까운 친척도 없고, 친하게 아는 사람도 없어."

　태성은 은영의 손을 놓고 연못을 바라보고 있었다. 고개 를 끄덕거리며 듣고 있다는 뜻은 전했으나 아무런 대꾸가 없었다.

"너네도 이사 왔어?"

"아니……, 그때는 나만 왔어."

"으응, 유학 왔구나? 그럼 지금 사는 집은 누구 네야? 하숙해?"

"아니, 큰아버님 댁이야. 우리 집안에 자손이 귀해서 나를 아들처럼 여기시거든."

"그래? 큰아버님은 아들이 없으셔?"

"응. 딸도 없으셔."

"오~, 그럼, 양자 같은 거?……"

"응, 그런 셈이지."

"그럼, 너는 형제가 많아?"

"아니이……, 나 혼자야."

"어머……, 정말 손이 귀한 집안이네. 어떤 집은 형제가 열둘이나 있기도 했는데. 집집마다 다섯 이상은 있었잖아?"

"그래."

"와~, 그런데도 너를 양자로 보내시다니. 내가 아는 애들도 그런 집안들이 있었어. 우리나라 풍습이지. 그럼, 네 부모님은 지금도 미륵에 사셔?"

"아니. 지금은 경기도에 사셔."

"아이구, 태성아~, 네 부모님은 얼마나 쓸쓸하실까? 하나 있는 아들을 보내시고. 너도 부모님과 떨어져 지내려면 좀 쓸쓸하겠다. 보고 싶고. 남자라 괜찮은 거니? 경기도도 얼마나 먼데……."

은영은 태성의 두 볼을 감싸 쥐고 아기 대하듯 살살 흔들었다. 생각 같아서는 '귀영둥이~'하고 뽀뽀도 해주고 싶었다. 그녀는 사과 한 쪽을 태성의 입에 넣어주었다. 그는 귀엽게 한 입 먹었다. 남은 조각을 입에 물고 그녀의 두 볼을 감싸 쥐었다. 그리고는 입으로 그녀의 입에 넣어주었다. 둘이는 서로 마주보고 사랑스럽게 웃었다. 사탕키스를 했다는 거지.

그날 그들은 처음 키스를 시작했다. 컴컴한 밤에 은영의 집 담장에 붙어서. 그 후로 그 담장은 이들의 수많은 키스를 구경했다.

숙희는 이미 여름에 퇴사했다. 신부수업을 한다며, 수도 놓고 아기 수건도 만들고, 여러 가지 수예품들을 만들었다. 드디어 그녀 결혼식 청첩장이 도착했다. 은행잎이 너무도 아름다운 사찰에서 한다며 미혼 사원들의 마음을 한껏 흔들었다. 노처녀들은 괜히 화살을 은영에게 돌리며 짜증을 부렸다. 매일 전화하는 그 태성이랑은 언제 결혼할 거냐며 다그쳤다. 심지어 언니들 약 올리면 벌 받는다며 으름장을 놓기도 했다. 어린 것들이 남자들을 홀렸다고 눈을 흘겼다. 안 그래도 숙희가 부러운 요즘이라 그녀는 싱숭생숭했다. 아직 태성과는 결혼하자는 말이 없었다. 하지만 그 시절은 손을 잡기만 해도 결혼 상대자로 여기는 문화였다. 하물며 몰래 키스도 하고 나름 사랑하는 사이가 아닌가? 그녀는 무언으로 결혼을 약속한 거나 다름없는 사이라고 생각했다. 기회 봐서 진지하게 얘기해보리라 마음먹었다. 그러나 태성이 아직 학생이었으니, 좀 막막했다.

은영과 태성은 이른 아침에 만났다. 오전 11시에 시작하는 숙희 결혼식에 참석하려고. 그녀는 어느 때보다 아름다운 옷을 차려 입었다. 결혼 선물로 준비한 법랑냄비세트를 들고 낑낑거렸다. 역시나 양복으로 말끔하게 차려 입은 태성이 대신 받아들었다. 둘이는 택시를 타고 연암사에 도착했다. 노랑, 노랑 은행잎이 솔 솔 날리며 사찰을 베일처럼 휘감고 있었다. 모든 산 숲이 칠색, 팔색으로 물들었다. 환상의 낙원이 따로 없었다. 은영 가슴이 마구 설렜다. 이런 곳에서, 무엇도 아닌 결혼식을 하다니. 둘이는 잔뜩 부러웠다. 또 천상의 세계라도 온 듯 황홀했다. 멋지게 차려 입은 서로를 보며 한껏 사랑이 솟구쳤다. 서로가 화려한 단풍보다 더 아름다웠다.

그런데, 아무리 둘러봐도 결혼식 분위기는 없었다. 낙엽을 쓰는 비구니에게 물었다. 비구니는 그런 일 없다며 의아해 했다. 둘이는 정말 어처구니없었다. 그러고 보니 아는 사람이 아무도 없었다. 단풍 사찰을 구경하러 온 사람들만 보일 뿐이었다. 그 사람들은 단풍보다 아름다운 두 사람을 구경하고 있었다. 태성은 갑자기 들고 있던 선물보따리가 무거워졌다. 비질을 하던 비구니가 다가왔다. 그녀는 은영과 태성이 예사롭지 않은 한 쌍이라며 점심이나 먹고 가라 했다. 그러나 먼저 법당에 들러 부처님께 기도를 드리고 오라 했다. 은영은 사찰에 깊이 들어오기는 처음이었다. 어려서는 교회에 다니며 하느님을 믿었기 때문에 부처님은 무서웠다. 그 여파로 지금도 두려웠다. 그녀는 별로 내키지 않은 안색을 지었다. 태성은 그녀의 손을 잡았다. 자기를 따라가서 기도하자는 표정이었다. 둘이는 서로 얼굴을 바라보며 뜸을 들였다. 비구니는 선물 보따리를 자기에게 맡기고 기도 후에 찾으러 오라 했다.

법당에 들어선 은영과 태성은 남들이 하는 대로 따라했다. 먼저 시주함에 돈을 넣었다. 은영은 포단에 꿇어 앉아 머리만 숙였다. 태성은 제대로 삼배를 하며 아주 진지하게 기도드렸다. 다 끝낸 후 그는 은영을 보고 씨익 웃었다. 그들은 공양간 앞으로 갔다. 은영은 교회에 다니는 엄마를 생각하니 가슴이 자꾸 떨렸다. 미신을 믿으면 벌 받는다는 말이 떠올랐다. 일부러 찾아와 진심으로 믿으며 기도드린 건 아니지만, 하느님 벌을 받을까 두려웠다. 태성은 떨지 말라며 어깨를 감싸주었다. 그의 표정은 밝고 희망에 차 있었다. 눈부신 10월의 햇살이 그들을 에워쌌다.

점심을 먹고 차담을 하며 비구니는 두 사람의 사주를 봐준다 했다. 한지에 이름을 적고 생년월일과 태어난 시를 적었다. 비구니는 운지법으로 바쁘게 움직이며 입술로 소소 소소 소리를 냈다. 그리고는 이것저것 한참을 적었다. 알 수 없는 한자들이 한지에 가득 찼다. 마침내 적기를 끝내고 비구니는 두 사람을 조용히 바라보았다. 그리고 하나씩 설명에 들어갔다. '남수여금(男水女金)이라~. 그러니 애정운 재물운, 자녀운까지 모두 좋아 백년해로하는 천생연분궁합'이라 했다.

"대단합니다. 천생연분이십니다. 부처님 은혜이십니다. 둘도 없는 배필이니 오래오래 행복하게 잘 사시겠습니다. 지금도 한 쌍의 신랑 신부가 따로 없습니다. 잘 어울리는 한 쌍이십니다. 정말로 아름다우셔요."

은영은 좀 수줍었다. 태성은 입이 귀에 걸렸다. 숙희의 결혼 선물인 범랑 세트를 시주로 하고 말았다. 숙희도 잘 살기를 바라면서.

시내로 돌아와 그들은 경양식 집으로 들어갔다. 아직 저녁 먹기 이른 시간이었지만, 토요일 오후를 위해 실내는 아련한 음악과 분위기 좋은 조명을 깔고 있었다. 그들은 따끈한 우유를 마셨다.

"태성아, 너 아까 법당에서 무슨 기도했어? 절을 세 번씩이나 하며 아주 진지하더라?"

"너는 기도 안 드리고 나만 봤어? 그러면 안 되지이! 아아, 정성 부족이네……."

"뭐가 정성 부족이야? 무슨 기도했는데?"

"있어. 간절한 기도. 그래도 딱! 들어주신다고 약속을 받았으니 실행할 일만 남았어."

태성은 한껏 가슴을 펴고 그럴싸하게 폼 잡았다.

"치이, 좋겠다. 대단한 것이라도 되나 보지?"

"그럼……, 내 일생일대의 대망이 이루어지게 생겼는데. 기다려봐라. 너도 한 몫 챙기게 될 테니."

"나도? 뭔데? 설마…… 무슨 한 탕 하자는 것은 아니겠지?"

"한 탕이지. 딱 한 탕에 만사 오케이로 변하는 거야."

"그래? 되게 궁금하네. 아직 2학년인데 무슨 한 탕이야? 공부나 열심히 하셔. 낙제하면 어쩌려고."

"일생이 걸린 일인데 2학년이 무슨 문제야? 놓치지 않으려면 당장 잡아야 해. 그나저나 숙희 씨는 결혼을 한 거야 만 거야? 결혼 장소가 정말 거기였어?"

"그렇다니까. 너도 봤잖아? 이것 봐."

그녀는 다시 청첩장을 꺼냈다. 머리를 조아리고 살폈다. 아무리 봐도 오늘 11시, 연암사가 틀림없었다.

"무슨 일 있는 건가? 전화도 없었어?"

"응. 아무 연락 없었어. 회사에서도 다들 아무 말 없었는데? 무슨, 도깨비에게 홀린 것 같아. 이상해."

은영은 답답했다. 또 궁금했다. 어떻게 된 일인지 불안하기도 했다.

"괜찮아. 나중에 알게 되겠지. 덕분에 우리가 좋은 일을 만났잖아."

태성은 그녀 어깨에 손을 감았다. 슈베르트가 들려주는 피아노 삼중주 2번이 단풍처럼 흘러 다녔다. 청설모 달리듯 사랑스럽게 들려왔다. 특히 2악장이 눈물 나게 가슴을 흔들었다.

"뜻하지 않은 사찰 데이트였지만, 기분 좋잖아? 오늘의 운세였어. 우리가 천생연분이라니, 고맙기도 하시지."

태성은 은영을 안고 그윽하게 보았다. 그리고는 진하게

키스를 퍼부었다. 그녀는 무척 좋았다. 두 사람 몸에 불이 붙기 시작했다. 한껏 뜨겁게 달아올랐다.

"우리 결혼하자!"

태성은 그녀를 꼭 안고 속삭였다. 은영은 그의 심장 소리를 가만히 듣고 있었다.

"우리 집안에 손이 귀하잖아. 그래서 나보고 일찍 결혼하라 하셔. 경제적인 것은 염려 말고, 우리 결혼하자. 내가 먹여 살릴게."

그는 그녀를 더욱 깊게 껴안고 속삭였다. 그리고는 다시 키스를 나누었다. 못 견디게 뜨거운 키스를 나누고 또 나누었다.

일주일 후, 숙희에게서 전화가 왔다. 신혼여행에서 돌아왔다며 선물을 주겠다고 했다. 점심시간에 만났다. 그녀들이 자주 가는 칼국수집에서.

"아이고, 정말 미안해. 너는 당연히 챙겼다고 생각했지. 설마 내가 너 빼놓겠어? 아이고, 정말 미안해. 어쩐지 네가 안 왔더라."

숙희는 '아이고'를 연발했다. 자기네 두 사람은 사찰에서 조용히 결혼식을 하고 싶었는데, 그의 집안이 기독교라 반대가 심했다고 한다. 그래서 급하게 교회로 바꾸었는데, 그만 은영을 빼먹은 것이었다. 둘도 없는 단짝이니 바로 알렸다고 생각했다며 숙희는 거듭 사과 했다.

점심을 먹고 다방으로 갔다. 은영은 사찰에서 있었던 일을 얘기했다. 숙희는 쌍수를 들고 찬성했다. 박수까지 쳐대며 호들갑스럽게 좋아했다.

"어머나, 좋겠다. 이거 다~~ 내 덕인 줄 알아라! 야~ 태성 씨 네가 부자인가 보다. 집도 사준대?"

"그렇게 까지 자세한 내용은 몰라. 결혼하자고만 했지. 더 깊은 얘기는 아직 안 했어."

"너도 회사에서 노처녀잖아. 빨리 시집가라며 무지 눈치할껄?"

"모르겠어. 나는 도안실에서 그림만 그리고 있으니까. 어쩌면 내가 그만 두면 회사가 곤란할 지도 몰라. 지금 내 디자인이 일본에서 한창 인기 있거든. 아주 잘 팔리고 있어. 부사장님이 맨 날 콧노래 부르며 칭찬하셔."

"그렇구나. 그만 두기 아깝지. 결혼하고도 다닐 수 있으면 좋겠다."

"그러게 말이야. 그런데 흉보잖아? 우리도 부끄러워하고. 결혼이 무슨 잘못이나 저지르는 것처럼. 태성이가 학생이니 내가 벌면 더 좋을 텐데.”

“그래. 어른들이 여자는 살림이나 잘하고 애들 잘 키우고 남편 내조 잘하는 것이 최고라고 하시니 어쩌겠어. 대학 공부하는 것도 대가 세다고 흉보잖아.”

“지금이 무슨 시대인데 여자를 얕보나 몰라. 신여성들이 나온 지가 언제야? 꽤 됐는데도 그래. 하긴 우리 아버지도 그만 다니라 하셔. 태성이랑 사귀는 걸 아시거든. 여자가 사회생활 오래하면 남자 위에 앉으려 한다며 질색이셔.”

“일본 유학도 하신 분이 그러시네? 그러니 다른 사람들 생각은 더 닫혀 있지. 그리고……, 내 결혼식에 용수 씨도 왔더라. 사우디에서 휴가 나왔대. 너 왜 안 왔냐고 묻더라구.”

“그래? 여자 한 테 차였다고 자청 유배 간 사람이 나는 왜 찾아?”

“그러게 말이야. 미안하지만…… 난 처음에 너를 무척 좋아하는 줄 알았어.”

“됐어. 사실 나도 별로였으니까. 남자가 맨숭맨숭, 행동이 확실치 않아서 답답했거든. 자기를 버리고 갔어도 그 여자를 무척 좋아했나보지? 그러니까 내게 그렇게 미지근했겠지. 너네 서방님처럼 화끈하게 잡아끄는 매력이 없었어. 괜찮아. 뭐, 조금도 미련 없어!”

"야, 야, 배고프지 않다 이거지? 그럼 태성 씨는 화끈하
게 잡아끄니?"

"그렇다, 왜? 이글이글, 박력 최고지. 아, 벌써 보고 싶어
지네……."

보름간의 휴가를 마치고 용수는 다시 사우디아라비아로
갔다. 은영에게 미안하다 전해 달라 했다지만, 태성과의 사
랑이 불타고 있는 지금은 아무관심 없었다. 아무것도 필요
치 않았다. 더구나 떠나버린 남자라니? 소름 끼쳤다. 그런
남자는 책갈피에 들어서지 못하고 버려지는 낙엽이었다.
벌레가 파먹든 남의 발에 밟혀 찢어지든, 아무 상관없었다.

'재수 없어!'

은영은 괜한 숙희에게 눈을 흘겼다.

예고 없는 폭풍!

* 다시 1997년

기도원에서 돌아오는 길, 은영은 여전히 혼란에 빠졌다. 마음도 손도 잘게 떨렸다. 도저히 운전 할 수 없는 상태였다. 기어이 차를 세웠다. 간밤을 설친 이유도 있었지만, 남편 태성에 대한 분개가 뇌를 장악하고 있었기 때문이다. 복자가 준 커피를 보니 마시기도 전에 가슴이 두근거렸다. 뜨거운 눈물이 흘렀다.

'복자야……, 미안해. 정말 미안해. 나 때문에, 동진이네 때문에……, 아무리 네 운명이라지만, 모른 체 할 수 없는

우리 잘못 때문에……. 이 죄를 다 어쩌면 좋아.'

빈 우유 통에 담긴 커피는 거의 다 식었다. 복자에게 너무 미안해서 도저히 마실 수 없었다. 은영은 가슴에 끌어안고 복자 대하듯 커피에게 사과 했다. 고개를 들 수도 없었다. 그러자 다시 분이 치솟았다. 속았다는 배신감이 솟구쳤다. 눈물이 줄줄 쏟아졌다. 사연이야 어쨌든 지금 당장은 남편에게 화가 났다. 그런 사람이었다니. 복자를 망쳐놓고 내게 접근했다니. 나를 함부로 본 것인지. 아니다. 얼마나 다정하고 성실하고 좋은 사람인가. 은영은 태성을 미워할 수도 용서할 수도 없어 괴롭기만 했다. 그녀는 한참을 앉아서 펑펑 울었다. 복자가 너무 불쌍해서.

은영은 숙희 결혼식 이후 그 해 크리스마스이브에 태성과 밤을 즐겼다. 그리고는 회사를 그만두고 말았다. 임신을 했기 때문이다. 그러나 양가 부모님께는 절대 비밀이었다. 둘이는 결혼을 서둘렀다. 태성의 집에서는 대환영이었다. 그가 아직은 3학년이기 때문에 집을 따로 마련하지는 않았다. 그의 큰아버지 집은 정원이 있는 이 층 양옥이어서 은영과 태성은 이 층에 살기로 했다. 3년 만 같이 살고 아파트를 사주기로 했다. 그러나 은영이 아들만 내리 둘을 낳자 큰아버지는 욕심을 냈다. 딸이든 아들이든 하나만 더 낳으라고. 그러다 아예 같이 살기를 바랐다. 그녀도 꼭 나가 살아야겠다는 생각은 없었다. 두 분이 워낙 사랑하며 잘 대해주셨고, 일하는 사람도 있어 여러모로 편했다. 태성도 졸업 후에 큰 아버지 회사에 들어가 안정적으로 일을 잘 하고 있었다. 회사에서는 공장 공업용이나 산업용, 창고용 대형 팬을 만들었다. 점점 수효가 늘며 규모는 갈수록 더 커지고 있었다.

은영은 아들 둘 말고는 더 낳고 싶지 않았다. 산아제한 정책이 한참이었기 때문이다. 정부에서는 '잘 키운 딸 하나 열 아들 안 부럽다'라는 슬로건으로 하나 낳기를 권장하고 있었다. 더구나 셋을 낳으면 구경거리가 되는 시대였기 때문이다. 그러나 은영과 태성은 망설이던 끝에 딸을 하나 더 낳았다.

큰 아이가 10살이 되던 해, 그녀 아버지가 돌아가셨다. 은영은 홀로 남은 엄마를 모시고 살기로 했다. 태성의 큰아버지도 흔쾌히 허락했다. 그들은 55평 아파트를 사서 이사했다. 현관에서 좌우로 분리된 2세대 구조라 서로 편리했다. 은영 엄마는 환갑이 지났어도 여전히 봉사활동을 다녔고, 교회일로 여간 바쁘게 지냈다.

태성의 큰아버지는 회사를 그에게 맡기고 물러났다. 그는 회사일로 무척 바빴다. 해외 출장도 잦았다. 그러나 은영에게는 자상했고 다정했고, 나무랄 데 없는 최고의 남편이었다. 어떤 일도 그녀와 상의하며 비밀을 갖지 않았다. 집안일에도 두루 신경 쓰며 누구에게도 소홀하지 않았다. 은영과는 서로 존중하고 이해하며 처음 사랑했던 설렘의 마음을 잃지 않았다. 가끔은 해외출장에도 함께 갔다. 매사에 찰떡궁합, 천생연분 그대로였다.

아이들도 씩씩하고 공부 잘하는 우등생들이었다. 작은 아이는 제 아빠 어릴 때와 아주 똑같이 닮았다고 했다. 은영은 은근히 가슴 떨릴 때가 있었다. 신기하게도 그녀가 초등학교 때 짝사랑했던 동진이와 비슷했기 때문이다. 하지만 그 애에 대한 마음이 바로 돌아섰으니 그렇게 깊이 생각하지 않았다. 남편 태성에게는 동진에 대해서 입도 뻥긋하지 않았다. 괜히 질투할까봐. 그래도 그 시절이 잊히지는 않았다. 은영은 시골에서의 초등학교 시절이 자기 감성과 낭만에 좋은 영향을 줬다고 생각했다. 자꾸 웃음이 나는 건 막내딸이 누굴 닮았는지 모르겠다는 것이다. 아마 어머님을 닮았나 보다며 웃고 넘어갔지만, 은영은 그 어머님을 본 일이 전혀 없다. 태성은 그럴 때마다 살짝 어두워졌다.

*1990년

은영 엄마가 심하게 몸살을 앓고 나더니 존엄하게 죽을 준비를 시작 했다. 옛날 같았으면 벌써 죽었을 나이에 가진 게 너무 많다며 신변정리를 하기로 했다. 우선은 방 한 칸에 든 살림을 정리하기로 했다. 물건이 많은 것은 아니지만 꼭 필요한 것들이 아닌 것은 정리 대상이었다. 먼저는 안 신는 양말들이었다. 여기저기에서 받은 양말이 서랍 두 개를 차지하고 있었다. 아직 비닐 포장에 든 것도 많았다. 다음은 옷들이었다. 또 봉사활동을 다니며 모아 둔 자료들이나 사진들, 메모들도 정리했다. 어디에서 나왔는지 버릴 물건들이 수레 하나를 채울 정도로 많았다. 옷가지와 양말들은 잘 추려서 어려운 곳에 기부하기로 했다.

은영 엄마는 봉사활동에 대한 것들은 애지중지 했다. 그러나 이제 미련을 버리기로 했다. 은영은 큰댁에 가면 바비큐그릴에서 태우려고 생각 했다. 그래도 엄마가 소중하게 여기시던 것들이라 태우기 전에 한 번 살펴보기로 했다. 사진들이 몇 상자나 됐다. 86아시안 게임과 88올림픽에서 일어자원봉사 하던 것들, 여러 고아원이나 보육원에 봉사 다니던 것들, 양로원, 요양원 등, 전생에 지은 죄를 봉사로 사죄하려는 사람처럼 많이도 다녔다. 은영은 유난히 누렇고 낡은 작은 봉투 하나를 열었다. 그 속에 작은 수첩 하나가 들어있었다. 그녀는 재미난 만화책을 발견한 듯 빙긋 웃으며 펼쳤다. 첫 페이지에 '하나의 생명도 주님의 귀한 자녀'라고 씌어있었다. 그동안 그녀 엄마가 무연고 환자들을 도와주며 기록한 것들이었다. 엄마가 무척 자랑스러웠다. 존경스러웠다. 그러나 박물관이나 기념관을 차릴 것도 아니기에 모두 태우기로 했다. 다시 봉투에 넣으려는데 안에서 종이 한 장이 떨어졌다. 반으로 접힌 종이를 펼치자 '이동 진 – 전라북도 미륵군 선화면'이라고 적혀있었다.

'이동진? 번지는 안 씌어 있지만, 걔 같은데?……, 그 때 복자가 보낸 편지에 적힌 주소 같아. 그런데 엄마가 이 걸 왜 갖고 계셨지?'

은영은 괜히 가슴이 쿵쾅거렸다. 동진이란 이름이 부담 스러우면서도 반가웠다. 남편 태성과 같은 미륵 사람이란 것이 그랬다. 한 때 잠시지만 짝사랑했던 사람이란 것도 그 랬다. 다시 수첩을 살펴보았다.

'1973년. 10월 – 박복자, 19세. 서대문 정신병원'

'박복자? 이동진? 그러면 이 복자가 동진이네 집에 있던 복자인가?'

그녀 몸에 전기가 일었다. 오한으로 몸이 떨렸다. 복자가 동진이네 집에서 고등학교에 보내줬다고 좋아하던 편지가 생각났다. 은영은 그때 입시준비로 미술학원에 다니느라 정신없이 바빴다. 편지에 답장할 겨를도 없었다. 복자도 더 이상 편지를 보내지 않았다. 안본지 몇 년 되니 우정이 퇴 색하며 그만 복자를 잊어버렸다.

'그러면……, 그 복자가 맞을지도 몰라. 우연이라고 보기엔 너무 확실한 이름들이야. 그러면 엄마가 그 복자를 만나신 건가? 어떻게? 봉사활동 하다 우연히? 아니면 기도원에서 만나셨나? 그래도 20년이 넘은 이것을 지금까지 갖고 계셨다니 보통 일은 아닌데, 무엇 때문일까?'

　은영은 갑자기 복자가 궁금해졌다. 그 후 언제까지 동진이네 집에서 살았을까? 결혼은 했는지, 지금은 어디에서 어떻게 살고 있는지, 많은 것이 궁금했다. 그녀는 엄마가 뭘 알고 계시는지 여쭤보기로 했다. 그러나 엄마는 모른다며 질색 하셨다. 그 박복자는 동명이인이고, 주소는 살던 마을이라 그냥 적어봤다는 말만 하셨다. 그리고는 쓸데없는 것들을 들춰서 귀찮게 한다며 얼른 태우라고 화를 내셨다. 사실 그녀 엄마는 근래에 화가 잦았다. 불면증에 시달리며 우울해 했다. 그녀는 엄마를 편안하게 해드리려고 더 자세히 묻지 않았다. 예전에 엄마는 복자에게 미안한 마음을 가졌었기 때문이다. 그것으로 무척 괴로워하셨기 때문에 복자라는 이름을 다시 회생시키고 싶지 않았다.

　태성의 친아버지 칠순잔치가 있던 그때가 떠올랐다. 은영은 결혼하고도 그의 친부모님 댁에는 한 번도 가보지 않았다. 큰아버지 부부를 시부모로 알고 살았기 때문이다. 이상하게도 친부모님은 아들 내외가 오는 것을 반기지 않았다. 두 분이 산 밑 넓은 땅에 작은 단층을 짓고 은둔하듯 조용히 살고 계셨다. 잔치라고는 하지만 친척이 없어 아주 조촐했다. 보통의 생일상 정도로 다같이 밥이나 한 끼 먹자는 취지일 뿐이었다. 간만에 만난 두 형제분들 내외는 술잔을 나누며 화기애애했다. 은영은 태성과 함께 집 주변을 돌며 입하가 지난 산천을 감상하고 있었다. 주변에 집들은 몇 안 되었지만 아늑한 마을이 있었다. 텃밭 가꾸기에 관심 있는 사람들이 나름대로 밭을 만들어 아기자기했다. 산들바람에 실려 아카시 꽃향이 마을을 삼키듯 덮었다. 찔레도 슬프도록 하얀 꽃잎을 열며 아카시와 다투어 꿀벌을 부르고 있었다. 산딸나무 꽃들도 하얗게 꽃받침을 펼치고 위장하여 아양을 떨었다. 태성의 친부모님 마당에 그리 넓지 않은 채소밭이 있었다. 상추도 쑥갓도 실하게 포기를 벌었고, 고추 모종들도 잘 자라고 있었다. 한쪽으로는 무성한 마늘밭이 한창 성숙해가고 있었다. 그의 친아버지가 그들 쪽으로 다가오고 있었다. 많이 취하셨는지 비틀거리며 뭐라는 소리와 함께 자꾸 손짓을 했다.

"매늘애야, 참말로 고맙다. 동진이 이 놈을 잘 내조해줘서. 내가 동진이 이 놈을 서울로 보내고, 그 머시냐, 이렇게 칠순이 될 때 꺼정 아들이라고 제대로 바라보지도 못했어. 앞으로 산다면 얼마를 더 살 거시냐? 그려어, 그려어, 죄인잉게, 그냥 이르케 살다 죽어야지이……."

태성은 얼른 제 아버지를 부축해서 안으로 모시고 갔다. 은영은 귀를 의심했다. 분명 '동진'이라 들었기 때문이다. 그동안 한 번도 들어보지 못했던 이름이다. 상상할 수도 없었던 이름이었다. 그러나 가만 생각하니 태성이 상당히 당황해 하는 낯빛이었다. 그녀는 복잡해졌다. 여러 가지가 떠오르며 머릿속이 엉켜버렸다. 태성이 살던 곳이 미륵인 것도 이상하고, 친아버지가 부르던 동진이란 이름도 이상했다. 더해서 작은 아들이 어릴 때 그 동진이와 닮았다는 것이 또한 그랬다. 엄마의 수첩도 생각났다. 모든 것을 종합해보면 뭔가 대단한 비밀이 있을 것 같았다.

'동진이가 맞다면, 왜 이름을 바꾸었을까, 왜 내게 숨기는 걸까?'

그녀는 꼼짝할 수 없었다. 별 것 아닐 수 있지만, 왜 숨겼는지. 왜 과거를 지우고 태성으로 살아가고 있는지. 자기가 알면 안 될 무슨 엄청난 비밀이 있는지, 많은 것들이 꼬리를 물고 그녀에게 덤벼들었다.

그녀가 집안으로 들어가자 모두들 뭔가를 감추려는 기운을 보였다. 그러면서도 태연하려고 애쓰는 모습도 보였다. 친아버지는 어디로 숨겼는지 보이지 않았다. 게다가 이제 그만 집으로 돌아가자는 분위기였다. 친어머니는 오전에 따 두었다는 상추와 쑥갓을 한보따리 내주었다. 그리고 쑥인절미 한 상자와 털 뽑은 생닭 두 마리, 그리고 달걀들을 싸주셨다. 아이들에게는 할아버지가 주무신다며 인사도 말고 그냥 가라고 했다. 어떤 잔치도 끝났을 때는 허전한 것이지만, 이 잔치는 공허함을 몰고 왔다. 돌아오는 차 안에서 은영은 이방인처럼 변방에 내몰린 느낌이 들었다. 작은 아들과 막내딸만 밭에서 잡아온 무당벌레를 가지고 수선을 떨 뿐, 모두가 침묵에 잠겨 있었다.

인절미는 냉동실에 넣으려고 세 개씩 개별포장을 했다. 아까부터 눈짓 교환을 하던 큰어머니가 조심스럽게 말을 꺼냈다.

"태성이 쟤는, 동진이란 이름이 사주에 아주 나쁘대. 뭣도 아니고 자식 복이 없는 이름이라니, 우리가 얼마나 식겁했겠니? 손이 귀한 우리 집안에서. 게다가 태성이란 이름을 가지면 장래 사업으로 크게 성공한다니, 얼른 바꿨지. 그리고는 옛 이름은 절대 부르지도 말고 아예 잊어버리기로 했어. 그 덕으로 네가 아들을 둘이나 낳고 딸도 얻지 않았겠니? 아무튼 에미, 네 공도 크지 뭐야. 사업도 잘 되고. 니들 사이도 얼마나 좋으냐?"

은영은 사지가 마비 직전이었다. 뭔가가 머리를 한 대 치고는 다시 가슴을 내리쳤다. 천지가 까맣게 눈에서 꺼져버렸다. 몽유병환자처럼 방으로 돌아와 침대에 구겨져 누웠다.

차분해야 했다. 전모를 알기 전에 흥분하지 말아야 했다. 이미 강물에 떠내려간 낙엽 같은 옛일이었다. 좀처럼 흥분이 가라앉지 않았지만, 은영은 발악하지 말자고 자기주문을 걸었다. 자기 전, 은영은 태성에게 물었다.

"그렇다고, 당신이 초등학교 때 그 동진이란 사실을 말하지 않다니, 너무 했어. 내게까지 숨길 일은 아니었잖아. 내가 알면 부정이라도 타는 건가?"

태성은 조용하게 은영을 감싸 안았다.

"그게 아니고, 말할 수 없었어. 당신도 알지만 우리 아버지가 잘못하신 일이 있어서. 무엇보다, 내가 서울로 오면서 부모님도 바꾸고, 이름도 바꾸고 다시 태어난 사람으로 살라 하셨거든. 그리고 그 때 당신이 내게 눈길도 안 주고 피하던 생각이 나서, 그 애가 아닌 다른 사람이 되어 당신을 사랑하고 싶었어. 나, 정말 그 때 얼마나 슬펐는지 알아?"
"그럼, 그런 이유로 친부모님을 떠나 여기 부모님과 사는 것에 만족해? 자기 성공을 위해서?"
"당연하지. 당신을 만날 수 있었으니까……."

"말도 안 돼. 지금, 농담 아니야. 그렇지만………, 어머님 아버님은 어떻게 하나뿐인 아들을 보내셨을까? 자식의 앞날을 위해 마음을 독하게 가지셨네."

"그렇다고 내가 어디 가나? 한 집에서 안 산다는 것뿐이지?"

"이 보세요, 이태성 씨! 보고 싶어도 볼 수 없을 때 심정은 모르시나요? 우리 민욱이 민준이, 또 귀염둥이 양념 딸을 안 보고 살아도 괜찮겠어? 어쩌면……, 모질기도 하셔라. 낳아주신 부모님인데 자기 팔자 좋으라고 그렇게 외면하고 살다니……. 당신에게 그런 냉정함이 있을 줄 몰랐네. 믿기지 않아."

"나라고 내 부모님을 잊고 살겠어? 죄송한 일이지. 하지만 이젠 너무 오래 떨어져 살아서 여기 부모님이 친부모님 같아. 더구나 우리도 40인데, 부모님 손길 바라며 품을 그리워할 때는 아니잖아. 나하고 당신, 우리 둘이서 어른들 잘 모실 수 있도록 열심히 살면 되는 거야. 그러니 예전 미륵의 코흘리개 동진이는 잊어. 지금의 나는 당신 남편 '이태성'이니까. 죽을 때까지 고생 안 시키고 쓸쓸하지 않게, 행복하게 잘 해줄게. 별것 아닌 것으로 신경 쓰지 마. 우리는 그냥 우리야. 현재의 우리는 아무 문제없잖아?"

태성은 더욱 자상하고 다정하게 은영을 달랬다. 사실 그
렇다. 별것 아닌 것이기도 했다. 이름이 뭐든 서로 사랑하
며 행복하게 살고 있는 현재가 중요했다. 은영은 어려서 좋
아하던 머슴애랑 결혼했다는 것에 대해 은근히 설렜다. 묘
한 기분도 들었다. 꽤 낭만적인 일이라 생각했다. 그러나
남편 아버지가 이 교장이었다는 사실을 알고 나니 괜히 기
분이 씁쓸해졌다. 알면 병이라더니, 동진이네 집에서 행복
하게 잘 지낸다고 좋아라 하던, 푼수 같던 복자는 그 뒤로
는 어떻게 됐는지 궁금해졌다. 태성에게 물어볼까 하다 그
만 두기로 했다. 물은들 남편은 뭘 얼마나 더 알겠나 해서
였다. 그리고 꼭 알고 싶을 정도로 궁금하지도 않았다. 언
제고 기회가 되면 남편과 둘이 미륵으로 추억여행을 가야
겠다고 생각했다.

*1997년

작년 이맘 때, 큰애가 대학입시로 더 바빠지기 전에 은영
은 사회활동을 하기로 했다. 대학 평생교육 프로그램에 참
여하여 이것저것 자기 개발을 하고 다녔다. 노인복지에도
관심을 가졌고, 초상화 그리기나 동화쓰기, 친환경 장난감
만들기 등 두루 섭렵했다. 어느 날, 초상화 그리기 회원 중
한 사람이 다닌다는 기도원으로 놀러가기로 했다. 그곳에
서 복자를 만났다. 개성이 뚜렷해서 초상화 그리기 쉬운 얼

굴 찾다가 복자를 보게 됐다. 쾌활하지도 밝지도 않고, 거무스름한 네모 얼굴에 특징을 줄만한 점도 있었기 때문이다. 아무리 어려서 헤어졌다 해도, 자꾸 마음이 갔다. 미륵에서의 그 복자 모습이 되살아났다. 무엇보다 그 점이 그랬다. 함께 간 일행들이 가서 물어보라 했다. 세상은 좁고 인연은 질긴 것이라며. 은영은 조심스럽게 복자에게 다가갔다.

"저, 혹……, 전라북도 미륵을 아시는지요……?"

복자는 파랗게 질리며 굳어버렸다. 은영의 직감에 복자가 분명했다.

"저……, 성함이 박복자 씨 아니신지요?"

복자는 불안한 표정으로 은영을 살펴봤다.

"저는 조은영이에요. 생각이 나시는지……."

복자는 입술을 조금 벌렸다. 그러다 크게 벌렸다.

"조은영……."
"그래, 나 은영이야. 복자 맞지?"

은영은 복자의 손을 덥석 잡았다. 괜한 눈물이 핑그르르 돌았다. 무척 반가웠다. 볼수록 예전 모습이 살아나기 시작했다. 반면 복자는 냉정했다. 부인하진 않았지만 강한 궁

정도 없었다. 재수 없어 아는 사람을 만났다는 표정이었다. 보기에도 화려하고 행복한 모습인 은영을 보자 자괴감이 들었다. 잊어버리고 싶은 옛 시절이 껍질을 들추며 상처로 다가왔다. 싫었다. 되새기고 싶지 않았다. 은영이라 해도 반갑지 않았다. 아니, 그래서 더 싫었다. 먼저 소식을 끊었으니까. 무엇보다 미륵을 되새기고 싶지 않았다. 복자는 부르르 떨었다.

"나, 지금 바쁜 시간이야. 잘 놀다 가."

복자는 식당 뒤로 달리듯 사라졌다.

복자를 만나고, 하룻밤을 함께 보내고, 무엇보다 끔찍하게 두려운 얘기들을 듣고 난 지금, 한참을 그렇게 지난 일들을 회상하던 은영은 소리 내어 엉엉 울었다. 복자가 너무 불쌍했다. 속아온 세월이 억울했다. 삶이 몽땅 죽은 듯 엉엉 울었다. 지금까지 살아온 날들이 남의 것인 듯 허망했다. 앞날이 막막하고 두려웠다. 그리고 너무도 부끄러웠다.

그러나 한 바탕 울고 나니 조금 진정됐다. 닥쳐온 폭풍을 말려서는 안 된다. 복자 인생은 어차피 현재에 이른 것이니 어떤 것으로도 되돌릴 수 없었다. 그러니 앞으로 자신이 어떻게 살아야 할지가 더 중요했다. 복자 때문에 삶을 뒤죽박죽으로 만들 수는 없었다.

'이것은 소나기가 아니야. 잠시 쏟아졌다 멈추는 낭만의 비가 아니라구. 내가 바람을 부르면 걷잡을 수 없는 폭풍이 몰려올 거야. 폭우가 쏟아지면 멈춘 후에도 무지개를 볼 수 없어. 어쩌면 재앙을 만들 수 있어. 열쇠는 내게 있어. 내가 정신 차리고 잘 판단해야 해. 당장 화가 난다해서 날뛰지 말고 길게 보는 거야. 앞날을 바라보며 잘 생각하자! 이성을 잃지 말고 감정을 다스리자. 모르는 게 약이지. 나만 입 다물고 조용히 있으면 돼. 내가 악을 쓰고 발버둥 치면 일이 더 꼬일 거야. 미친 듯 따지고 화풀이를 한다 해서 있었던 일이 없어지는 것은 아니지. 그러니 내가 털어버려야 해. 모든 해결 방법은 내가 가지고 있어. 남이 가르쳐준다 해도 내 마음이 거부하면 소용없어. 내 스스로 깨닫고 내던지는 거야. 뜨거운 것을 잡았을 때 본능으로 그냥 놓아버리는 것처럼. 정말 나를 위해. 담고 있으면 화병에 시달릴 테니, 나를 살리는 본능으로 놓는 거야. 달려드는 쥐를 걷어차듯 멀리 차버리는 거야. 그래야 해! 그런데 왜 자꾸 생각나지? 나쁜 동진이네 사람들이? 아니, 남편 태성이네 사람들이지. 하지만 지금은 너무도 좋은 사람들 아닌가? 오히려 착하다고 할 수 있을 만큼. 아무리 봐도 남에게 해를 줄 사람들은 절대 아닌데. 이 엄청난 일이 사실일까? 정말 있었던 일일까? 아니, 아니면 좋겠어. 모두 거짓이면 좋겠어. 도저히 믿을 수 없는 일이야. 어떻게 그런 일을 숨기고 있었을까……'

은영은 태성과 동진을 한 인물로 매치해 보았다. 절대 불가능했다. 세상에 둘도 없는 최고의 남편이기 때문이었다. 똑똑하고 잘났고, 효심 깊고, 인간미가 얼마나 좋은데……. 아직 확인되지 않은 일이지만, 그녀는 절대 믿고 싶지 않았다. 복자가 지어낸 이야기라고 생각하고 싶었다. 꼭 그랬으면 좋겠다. 그래도 확인 해볼 것인가, 아니면 혼자만 알고 있을 것인가. 마음속 폭풍이 점점 거세게 몰아쳤다. 은영은 억지로 행복했던 추억들을 꺼내 봤다. 그것으로 이 폭풍을 다스리고 싶었다. 들은 얘기를 애써 부인하고 싶었다. 귀를 막고 눈을 감으면, 아니라고 발버둥 치면 모두 없어지는 얘기이기를 간절히 빌고 또 빌었다.

발산하는 민들레 씨앗처럼

은영 엄마 상태는 점점 나빠졌다. 심해지는 우울증에 불면증까지 겹쳤다. 은영이 가만 생각해보니 자기네와 함께 살면서부터 그랬다. 태성이 집에 있으면 그녀 엄마는 방에서 잘 나오지도 않았다. 식사도 함께 하려 하지 않았다. 심지어 손녀, 손자들도 별로 예뻐하지 않았다. 특히는 둘째아이를 별나게 꺼리셨다.

집에 돌아온 은영은 이런저런 생각에 사로잡혔다. 지끈거리는 머리를 감싸 쥐고 좀 잊고 싶어 했다. 그녀는 욕조에 따끈한 물을 받고 라벤더 오일을 듬뿍 넣었다. 깊게 몸을 담그니 일단은 시원했다. 그것도 잠시뿐, 다시 복자와 동진에 대한 사건으로 얽히고설키기 시작했다. 뭐가 뭔지 판단이 어렵고 심히 복잡했다. 먼저는 남편 태성과 동진이 동일 인물이라는 것을 인정하기 어려웠다. 아무리 생각해도 같은 인물이 아니었다. 어렸지만 좋아하던 사람인데, 그가 컸다고 못 알아본 자신도 신기했다. 그의 인생관이 바뀌면서 얼굴도 달라진 것인지, 아님 전혀 예기치 못했던 사람이라 그런 것인지, 그녀는 아무리 생각해도 용납할 수 없었다. 다시 심장이 벌떡거리며 머리가 딩딩하고 울렸다. 그녀는 자꾸 심호흡을 했다. 열을 아래로, 아래로 내리자고 주문을 걸었다. 그러나 몇 년 전 엄마의 수첩이 또 생각났다.

'박복자, 19세, 뒤로도 몇 페이지는 뭔가가 적혀있었다. 그때는 대수롭지 않게 여겨졌지만, 이제 생각하니 분명 연결성이 있었다. 엄마에게 진실을 물어볼까? 아님 그냥 넘어갈까. 엄마의 언행을 살펴보면 연관성이 확실했다. 엄마도 알고 계시는 것이 분명했다.

나만 몰랐네……, 그럼 나만 모르는 척 지내면 되는 건가?……. 엄마가 자주 다니던 봉사활동에 복자가 들어 있었던 걸까? 어떻게 아셨을까? 나처럼 우연히? 아니면 어쩌다 아는 사람을 통해? 그래서 마음의 짐을 벗고 싶으셨나? 어려서 복자를 혼내주려고 걔네 집에 간 이틀 후, 그 애 아버지가 돌아가시게 된 것에 대한 죄책감이셨나? 애들 싸움이 어른 싸움된다는 말이 있지만, 사실 엄마는 싸우지는 않으셨다. 그냥 잘 타일러 달라는 부탁을 하셨을 뿐이다. 그래. 태성에 대해 아시는 것이 분명해. 복자에게 들었을 거야. 그걸, 그 안다는 진실을 참느라고 우울증이 온 거야. 불면증도 그렇고. 나처럼, 지금 내가 이렇게 진정할 수 없이 심장이 뛰고, 아리고, 머릿속이 뒤섞인 것처럼. 엄마도 그랬던 거지. 아무도 모르는 그 일로 얼마나 고뇌에 시달리셨을까. 나는 앞으로 어떻게 해야 할까? 남편도 어떻게 대해야 할까. 정말, 어떻게 해야 할까, 앞으로, 나는……'

　은영은 절절 흐르는 눈물을 버려둔 채 한참을 울었다. 점심도 안 먹고 잠을 자기로 했다. 그러나 '임금님 귀는 당나귀 귀'라는 말을 참지 못해, 대나무 숲에 가 말을 뱉었다는 경문왕 설화가 떠올랐다. 복자가 자기에게 털어놓고 싶었다는 것처럼, 지금 그녀도 속이 답답했다. 침묵하고 있어야 할지, 어디고 털어내야 할지, 종일 그 생각에 사로잡혔다. 은영은 아무리 애써도 잠이 오지 않았다. 엄마가 여태 참아 오신 심정을 이해할 수 있었다. 그렇다면 자신도 우울증이나 불편증이 올 것 아닌가? 그래서는 결코 안 될 일이다. 반드시 해결해야 했다. 그래서 모든 일을 따져야 할지, 말아야 할지, 머리가 더 복잡했다. 하지만 그녀는 연기를 하기로 했다. 우선은 모른 체 하고 넘어가자 했다. 잠시라도 마음을 다스리며 안정을 우선으로 하자 했다. 진정하고 머리와 마음을 환기시키면 좀 정리가 되리라 생각했다.

연기를 잘 해야 했다. 특히는 표정관리에 신경 쓰고 마음을 날카롭지 않게 다듬어야 했다. 무엇보다 자기 엄마가 몰라야 했다. 그래야 연기가 자연스럽게 나올 테니까. 힘들겠지만 모두의 평안을 위해 은영은 해결책을 찾기로 했다. 하지만 얼마나 자제할 수 있을지는 본인도 몰랐다. 혼자 참다 참다 감당이 안 되면, 어디에 토설해야만 할 때, 그때는 전문가의 상담을 받을 생각이었다. 하루에도 수십 번 생각을 엎었다 뒤집었다, 화가 나 벌떡 일어났다 도로 앉았다 번복했다. 그래도 그녀의 노력은 훌륭하게 잘 진행되었다. 모두의 평안을 위해 가슴속 폭풍을 부여잡고 힘들게 싸우고 있었다.

한편, 은영 엄마 잠꼬대가 갈수록 심해졌다. 주로 '아니야, 아니야!'를 크게 외쳤다. 은영에게는 누구랑 싸우는 것처럼 들렸다. 그녀는 엄마 방으로 쫓아가보곤 했다. 그러나 엄마는 꿈도 꾸지 않았다며 자신은 모른다고 했다. 어느 날은 밤이 무서워 혼자 잘 수 없다고 했다. 부탁이니 본인과 함께 자면 안 되겠냐고 물으셨다. 방구석 저쪽이나 문 옆에 새카만 그림자가 자신을 보고 있다고 했다. 그때까지만 해도 은영은 엄마의 치매에 대해 생각해본 일이 없었다. 전화번호도 잘 외우고, 마트에 다녀올 때도 집을 잃은 적이 없었다. 집안에서도 기억력 저하로 문제가 된 일은 거의 없었다. 대부분 나타나는 건망증 정도 외에는. 그러나 가만 생각해 보니 이상한 점이 있었다. 방금 했던 말이나 행동을 까맣게 잊으셨다. TV채널을 돌리는 것이나 세탁기 돌리기, 식사시간 챙기기 등이 그랬다. 아, 그랬다. 은영은 바로 치매검사를 해보기로 했다.

그러기로 작정하자 은영 엄마는 갑자기 늙어버렸고 아이가 된 것 같았다. 자꾸 두려워하고 자신 없어 했다. 평소에 스스로 잘 하던 것도 자꾸 은영을 의지하려 했다. 잠깐만 소홀히 하면 불안해했다. 걸릴 것도 없는 거실에서도 잘 넘어졌다. 검사로 밝혀질 자신의 내면에 미리 포기한 듯했다. 한편 편안해 보이기도 했다. 이제는 짐을 나눌만한 사람이 생겼다는 안정감이 든 모양이었다.

가정의학과 의사는 치매검사 문제지를 줬다. 은영은 엄마가 너무 불안해해서 밖에 나가지 않고 가림 막 뒤 의자에 앉아 있었다. 일정시대라도 고등교육을 받고 초등학교 선생님까지 하신 엄마는 문제들을 잘 풀었다. 셈 문제도 잘 풀어 85점이나 받았다. 의사는 점수로만 볼 때는 치매라고 할 수 없다고 했다. 그러나 교육수준이 높아 아는 것이 많아 그렇지, 감정 상태나 단기 기억력 테스트에서는 치매가 진행되고 있다고 했다. 좀 더 일찍 검사를 받고 약을 드시게 했어야 했다. 엄마께 너무 무관심한 것 아니냐고 다소

책망했다. 은영은 눈물이 났다. 그러면서 '밤에 검은 물체가 보인다.'소리 안 하시냐고 물었다. 어떻게 알았을까? 은영은 깜짝 놀랐다. 순간 도사 같은 느낌이 들었다. 의사는 치매의 한 종류라고 했다. 흔하지 않은, 희귀한 것으로 루이소체라는 치매였다. 그 특징이 그런 헛것을 보는 환시나 환각을 겪는 일이었다. 인지 기능이 저하돼 넘어지기 쉬우니 보행에도 신경을 잘 써야한다고 했다. 평소에는 정상인과 다를 바 없어 사람도 잘 알아보고, 처신도 잘 하시기 때문에 치매가 아닌 줄 오해할 수 있다고 했다. 그러나 이 치매는 무섭다고 했다. 말초신경부터 서서히 마비가 오면서 위로 올라와, 숨이 끊어지게 될 때까지 정신은 좋은 상태라 했다. 그래서 본인이 누구인지는 물론 자식이나 지인들도 다 알아본다 했다. 그렇기 때문에 환자 본인이 무척 힘든 치매라며, 약을 잘 드시게 보살펴드리라고 했다. 게다가 이 치매는 길어야 5년 간다고 했다.

집에 돌아온 은영은 몰래 통곡하고 말았다. 엄마의 고통을 모른 체하고 살았던 것이 가슴 아팠다. 동진이와 복자에 대한 비밀을 혼자 감당하며 얼마나 고통이 컸을 지, 자기만 심리상담을 받았던 일을 심하게 후회했다. 짐을 덜어드렸어야 했다. 그 생각을 못했다는 것이 너무 죄송했다. 은영은 이제라도 엄마의 속을 풀어드려야겠다고 생각했다. 혼자 담아놓고 있는 불안을 내놓게 해서 공감해주고, 쌓인 스트레스를 풀게 해드려야 했다. 복자에 대한 이야기를 자연스럽게 꺼내며 엄마 마음을 편안하게 정리해주고 싶었다. 그러나 은영 엄마는 단기기억력이 약해져 은영과 나눈 말들을 자꾸 잊어버렸다. 반면 장기기억력은 좋아서 아픈 옛일을 자꾸 되풀이 했다. 그건 은영이 어찌해볼 수 없는 비극이었다. 좀 더 일찍 엄마를 편안하게 해드렸어야 했다고 자꾸 자책했다. 그래도 그녀 엄마는 날마다 조금씩 밝아지셨다. 기억은 못해도 딸과 자주 대화한다는 것만으로도 기분이 좋았다. 가만 보면 그 눈빛에 '이제라도 네가 알아서 내 맘을 이해해주니 고맙다.'는 편안함이 보였다. 은영 엄마는 날로 쇠해지며 눈만 까맣게 커져갔다.

약으로 겨우 생명을 유지하며 누워 지내던 은영 엄마는 쇠약할 대로 쇠약해졌다. 연명치료 거부의사를 밝힌 은영 엄마는 산소 수치가 현저하게 낮아진 어느 날, 모든 무게를 벗은 무표정으로 이 세상을 떠났다.

어쩌다 남편 태성에 대해 불만이 생길 때면, 은영은 불쑥거리며 나타나는 감정을 다스리느라 애를 먹었다. 그의 친아버지 칠순 잔치 이후 생긴 화통이었다. 잘 참고 잊으려다가도 미움이 들썩일 때면 어김없이 '복자와 동진'이가 떠올랐다. 그것은 애쓴다고 잊히는 것이 아니었다. 어느 때는 태성이 이런 저런 사실을 모르고 있다는 것이 분하기도 했다. 상대가 거부하지 않은 성행위는 성추행도 성폭력도 아니라니, 그 죄를 물을 수는 없었다. 물었다 한들 이제 와서 무슨 소용이겠는가. 서로의 본능이었다 해도 태성은 비겁했다. 약자인 복자 마음을 이용했으니까. 그의 부모들은 복자 네 집안을 망가뜨린 주범이었다. 그러고도 끝까지 책임지고 보살피지 않은 것이 괘씸했다. 너무 비양심적이고 잔악했다. 도무지 이해할 수 없었다. 그래도 은영은 자기 마음을 다스렸다. 지금까지 행복한 자신과 딸과 두 아들이 있다는 것을 방패삼으며. 이혼은 절대 하지 않겠다고 다짐했다. 남편 태성 없이는 한 순간도 살 수 없었다. 현재에 아주 만족하고 있었기 때문이다.

'잘못을 저지른 자가 가져야 할 태도나 마음가짐이 어느 책에 적힌 대로 따르지 않는다 하여, 그가 나쁜 사람인 것은 아니다. 살다보니 운명에 따라 자기도 모르는 삶이 다가올 수도 있으니까. 본능에 따른 환경적 실수도 있을 수 있고. 합리화할 수 없는 범죄지만 정직한 거짓말, 선의의 속임수라는 것도 있잖아. 나는 법조인이 아니니 법에 그를 묶지 않고 그렇게 이해하겠어. 우리 모두를 위해. 특히 나 자신을 위해. 용서는 신이 하는 것이니, 난 지금만을 느끼며 이해할 거야.'

은영은 자기 주문을 걸 듯 관대와 이해로 마음을 다졌다.

태성과 오래 행복하게 살려면 그래야만 했다. 자꾸 과거에 사로잡히지 말아야 했다. 더구나 자식들의 삶에 끼칠 악영향을 막기 위해서도 그랬다. 그래도 도저히 물리칠 수 없는 상념 때문에 병이 날 것 같으면 전문가의 상담을 받았다. 그러나 역시 같은 대답이 나왔다. 정답은 자기 스스로에게 있을 뿐이었다. 생각과 판단에 대해서 왼쪽에 맞는 약이나 오른쪽에 맞는 약이 있는 건 아니었다. 생각이나 판단은 수학처럼 공식에 맞게 떨어지는 처방이 없었다. 그러니 스스로가 마음을 정해야 했다. 화난 상태에서 급하게 터지는 감정을 다스리지 못하면, 걷잡을 수 없는 혼란에 휘말리고 말 것이다. 그것은 자신과 모두가 정신적 육체적, 나아가 모든 삶에서 파괴에 빠진다는 것을 되새겼다. 그녀가 알고 있는 모든 것을 태성에게 말할 필요는 없었다. 잘못을 추궁하고 죄의식을 갖게 하는 것은, 두 사람 사이는 물론 가족 전체의 불행을 초래하는 것이었다. 별것 아닌 것에도 그가 눈치를 보게 될 것이고, 눈치 보는 것이 아닌 상황인데도 은영은 그렇게 인식할 것이었다. 그렇다면 사사건건, 매사가 과거에 연결돼 서로 숨쉬기 곤란한 삶이 이어질 것이었다. 그것은 은영 자신에게도 엄청난 불행이었다. 자괴감이나 우울증에 사로잡힐 수 있었다. 사랑이 영원할 수 없다는 것은, 그 사랑이 진정한 사랑이 아닐 때 만이었다. 그것은 자기만의 이기심이나 욕심을 위한, 일시적인 자기만족에 빠졌을 때 하는 거짓사랑이었다. 예전에 동진이가 복자에게 했던 것처럼. 그러나 자기네는 결혼해서도 서로 존중하고 아끼며 살갑게 챙겨주는 사랑이니, 박제가 돼서도 변치 않는 진정한 사랑이었다. 은영은 그렇게 자부했다. 복자에게는 미안하지만 지금의 자기 행복을 잃고 싶지 않았다. 자신이 관여하지 않았던 과거사였다. 그것으로 현재를 채색해 과거라는 액자에 갇히고 싶지 않았다. 돌아볼 필요 없는 과거였다. 거꾸로 가지 말고 앞으로 나아가야 했다. 그녀는 그렇게 다짐했다.

'나만 알면 돼. 둘이 힘들어할 필요는 없어. 복자 말대로 우리가 자손 대대로 고통을 받는다고 해서 그녀가 연꽃을 타고 환생할 것은 아니니까. 마음의 수감생활을 한다 해서 사건 자체가 없어지는 것도 아니잖아. 대신, 많은 사람들에게 따스한 사랑을 베풀며 복자를 위해 기도하겠어. 그가 스스로 죄의식을 벗을 수 있을 만큼 노력할 거야. 어려운 사람들을 위해 많이 공헌하고 애쓸 거야. 그는 정말 좋은 사람이야. 복자 때문에 미워할 수 없어. 나는 그때의 동진과 복자와의 상황을 이해할 수 있어. 조은영, 자책은 그만하고 실행할 수 있는 미래를 설계하자!'

심하게 찬 것과 뜨거운 것, 그리고 딱딱한 음식을 먹으면

이에 보이지 않는 금이 가기 시작한다. 그리고 우리가 모르는 사이 그 실금을 타고 치근에 염증이 생기기 시작한다. 그러면 결국 그 치아를 빼야할 상황이 벌어지게 된다. 미움의 금도 너무 미세해서 보이지 않는다. 그 금을 타고 사랑에 염증이 생기면 치료가 어려워진다. 은영은 남편 태성이 밉지 않았다. 아니, 그러려고 마음을 다스렸다. 그래서 마음의 폭풍을 내치고 파란 하늘과 맑은 공기를 즐기자고 다짐했다. 민들레 씨앗이 새로운 삶을 찾아 어느 바람에 발산하듯. 그녀는 그렇게 과감하게 발산하기로 했다. 고요하며 찬란한 무지개를 펼치고 싶었다.

*2011년

박복하기 이를 데 없던 복자가 세상을 떠난 지도 6년이 지났다. 기구하게도 그녀는 남보다 몇 십 배는 더한 고통의 삶만 살다갔다. 그것을 삶이라고 해야 할지, 죽지 못한 고해라고 해야 할지, 그렇게 살다 반평생 겨우 채우고 갔다. 생각해보면, 어쩌면 그것도 오래 살았을지 모를 일이었다. 제 몸 하나만 간신히 담을 수 있는 작은 방에 갇혀 숱한 밤을 보내고, 식당에서 일하며 밥을 얻어먹고 살았다. 마음대로 행동할 수도 없었고, 마음대로 외출할 수도 없었다. 그렇다고 외부에서 찾아주는 사람도 없었다. 가족도 친척도, 살가운 친구도 하나 없었다. 은영도 계절 바뀔 때나 한 번 찾아갈까 말까했다. 만나도 딱히 나눌 얘기가 없었다. 서로의 삶이 극에서 극으로 달랐기 때문이다. 도무지 대화에서 공통점을 찾을 수 없었다. 만날 때마다 듣는 복자의 푸념에 맞장구도 칠 수 없었다. 그러니 원만한 감정교류가 없어 서로 침묵이 잦았다. 얼마 되지 않는 그 시절만 매번 되새길 수도 없었다. 그럴 때면 다스렸던 죄의식이 짙게 올라왔다. 그 빚을 진 마음 때문에 은영은 몹시 힘들었다. 남편 태성과, 예전 동진과 복자와의 관계가 진저리나게 따라왔다. 그러고도 그녀를 찾아 가기는 여간 고역이었다. 나아가 고문이었다. 그게 멀어졌던 가장 큰 이유였다. 복자도 은영을 만나면 마음과 정신에 파문이 생겼다. 그녀와 전혀 다른 팔자를 비교하며 한탄이 들었기 때문이다. 복자는 은영을 몹시 부러워했다. 그래서 너무 괴로웠다. 때문에 그녀들은 다시 서먹해지고 멀어져 갔다. 서로 다른 고통으로 서로 같은 극이 되어 서로 끌리지 않고 밀어내는 자석이 되었다.

그때, 경찰서에서 전화를 받고 갔을 때, 복자는 이미 대리석처럼 하얗게 굳어 있었다. 은영을 찾을 수 있었던 건 복자가 유일하게 가지고 있던 전화번호였다. 그리고 유일하게 남긴 유언장이었다. 은영은 유일한 가족의 입장이 됐다. 장례절차는 모두 기도원에서 맡아 했다. 유골은 기도원 내에 있는 수목장에 안치하기로 했다.

복자가 기도원에 들어간 처음에는 사람들과 잘 어울리

지 않았다. 누가 말을 걸어도 입을 다문 채 웃지도 않았다. 타인에 의한 피해의식이 아주 강했다. 더해서 자신의 모든 것이 부끄러운 약점뿐이었다. 자칫하여 행여 입방아에 오를까 불안했다. 또 복자는 그때 너무 어렸다. 사람들이 자기를 불쌍하게 보는 것을 아주 싫어했다. 약점으로 자신을 이용해먹으려 한다는 트라우마가 깊었다. 그래서 남들을 미워하고 멀리했다. 하지만 몇 년 지나면서 복자 마음이 서서히 바뀌기 시작했다. 서로 도울 일이 생기고 어울리다보니 점점 밝아졌다. 어린 나이에 집을 떠나 가족도 없이 혼자라 하여 사람들이 안쓰러워하고 잘 챙겨 줬다. 특히 보일러를 관리하며 주방의 가스나 전기등 잡다한 일을 하는 오 집사는 복자를 많이 도왔다. 밤에도 외부인 관리를 하며 낯선 사람이 서성대는지 살펴주기도 했다. 작은 방이라 숨이 답답한 여름에는 방문을 열어놓기도 했는데, 그럴 때면 수박이나 참외를 들고 와 얘기를 나누기도 했다. 그 남자는 꼽추였고 40이 반도 넘었지만 미혼이었다. 복자는 그 남자에게 점점 친근함을 느꼈다. 그리고 작은 동정심을 갖게 되었다. 또 처지가 가엽기는 마찬가지라는 생각도 들었다. 허물없어지고 약간의 의지가 생기자 복자는 그 남자에 대한 경계심을 풀었다. 복자 가슴에도 따뜻한 사랑이 맴돌았다. 그러던 어느 날, 복자는 그 남자에게 겁탈을 당하고 말았다. 표면상은 겁탈 같은 방법이었으나 내면으로는 동조였다. 다른 사람들도 어느 정도 눈치를 채고 있었다. 하지만 모두 눈감아주고 있었다. 어떤 이들은 복자와 그 남자가 결혼하기를 바라기도 했다. 그러나 그녀는 그렇게까지 그 남자가 좋은 건 아니었다. 나이도 20살 가까이 더 많았다. 그렇게까지 절대적인 사랑은 아니기 때문이었다. 아주 가끔이었지만 그냥 육체적 해소였을 뿐이었다. 그러나 세월이 가면서 그 남자는 빠르게 늙어갔다. 남보다 짧아야 하는 수명을 가진 선천성 구루병 환자였기 때문이다. 그에 대한 복자의 사랑은 뒤늦게 따라갔다. 누가 봐도 병신인 그 사람을 사랑하는 자신이 자랑스럽지 않았기 때문이다. 사실 복자는 그게 사랑인지, 외로워서 기대는 것인지, 본인도 갈팡질팡 알 수 없었다. 그러나 기대는 것이든 부끄러운 것이든, 사랑이라는 생각이 들기 시작했을 때는, 뜨거웠다. 그냥 좋았다. 나중에는 좀 더 큰 방을 얻어 둘이 함께 생활했다. 사람들에게 인정받고 마음껏 나누는 사랑이란 것이 이렇게 행복한 천국인 것을, 복자는 뒤늦게라도 복을 얻게 되어 무척 좋아했다.

그런데, 복자가 사랑의 썰매를 타고 막 속력을 내려할 때, 절벽을 만나고 말았다. 사랑하는 오 집사가 죽음을 맞았기 때문이다.

'나도 살만큼은 살았고, 그 사람 없이 더는 살고 싶지도 않아. 내게는 고난만 있었다고 원망하며 살았는데, 생각해보니 받은 사랑도 많다는 것을 깨달았어. 그 사람이 외롭지 않게 내가 곁에 있어주고 싶어. 하느님도 어떤 방법보다는 금식을 원하실 거야. 그러면서 간절히 기도드리면 들어주시리라 믿어.'

복자의 유언은 A4용지 한 장이었다. 미워했던 사람들을 용서하고 원망했던 모든 일을 반성한다 했다. 은영이 건강하고 행복하게 잘 살기를 바라는 것도 잊지 않았다. 복자는 오 집사와 자기 이름이 새겨진 작은 팻말 하나를 나무에 걸어 달라고 부탁했다.

은영은 미워했던 사람들로 '동진이네'란 말이 들어있다는 것에 가슴이 뜨겁게 메고 말았다. 어지럽고 속이 메스꺼웠다. 회상하고 싶지 않은 치부로 면전에서 따귀를 맞은 듯했다. 그러나 유서 말미에 남편에 대한 용서와 배려에, 그 자비에 대해 감사의 눈물이 쏟아져 내렸다. 아니, 가슴속 깊이에 감춘, 말 못해 속 터지는 비밀 때문에 울어버렸다. 불쌍한 복자를 핑계를 대고 울었다. 아니, 이젠 이 비밀을 다시 들춰낼 사람이 없다는 것으로 자위하며 울었다.

복자의 죽음은 금식 보름 만이었다. 세월이 가다보면 미움도 정이 된다는 말처럼, 복자는 그 사람을 많이 의지하고 사랑했다. 사연도 많고 한도 많았던 복자 반평생은 그렇게 한 줌 재가 되었다. 그래도 정말 다행인 것은 사랑하는 사람과 함께 영원한 잠에 들었다는 것이다. 어쩌면 복자가 금식하며 기도했던 것을 하느님이 들어주셨을 지도 모르겠다. 사는 내내 박복한 '박복자'였지만, 죽어서는 소원을 이룬 '福者'가 됐다.

민들레 씨앗을 볼 때마다 꺾어들던 복자. 날아라, 날아라, 소리치며 양껏 불어대던 불룩한 볼 바람. 치마를 펄렁이며 그 씨앗들을 쫓던 복자. 어느 볕 좋은 땅에 내리면, 변종 꽃포기가 돼 모두의 사랑을 받기 바랐다. 그래서 걱정 없고 기쁨을 안은 수많은 꽃을 피우며 활짝 웃기를 바랐다. 이제 부디 그런 곳에 가서 사랑하는 사람과 마음껏 민들레 씨앗을 불며 지내기를 바랐다. 은영은 진심으로, 진심으로 복자의 명복을 빌었다.

복자를 생각하며

17,000여 평 땅이 대단히 넓은 건 아니지만, 어느 정도 필요한 것들은 모두 갖출 수 있었다. 은영과 태성은 남쪽을 향한 두 개의 5층짜리 건물을 지었다. 그곳에는 크고 작은 방이 30개나 있었다. 중장년이나 노인 독거인들, 또는 가족이 없는 청소년들과 어린이들이 거주하는 방이다. 1층에는 의료실과 면담실, 그리고 초등 저학년과 유아실이 있다. 통로로 이어진 옆 건물 1층에는 식당과 카페가 있고, 2층에는 탁구장과 댄스실, 헬스시설도 있다. 3층에는 미술치료 상담실과 독서실, 그리고 영화를 감상할 수 있는 시설도 있다. 은영과 태성은 거주자들이 편안하게 지낼 수 있도록 많은

것에 신경 썼다. 둘레길이 있는 산자락 아래로는 작은 연못과 정자도 있고, 게이트볼장도 있다. 그 옆으로는 간단한 채소를 키울 수 있는 밭들이 있고, 또 한쪽으로는 닭이나 토끼, 흑염소를 기르는 우리도 있다. 건물과는 좀 떨어진 한쪽으로는 아담한 이층집이 있어 은영과 태성이 살고 있었다. 두 아들은 독립하여 시내에 살았고 딸은 이층에 살았다.

경기도에 있는 이곳은 동진이네 친부모님이 살고 계시던 곳이다. 두 분이 돌아가시고 그 땅에 세운 '울타리'라는 공동체주거시설이다. 사회경제적 약자들을 위한 사회주택이다. 이곳에 살고 있는 사람들은 대안가족의 의미를 가지고 있다. 은영과 태성은 그들에게 사람답게 살 권리, 인권을 누릴 권리를 주고자 했다. 두 사람은 소리 없이 복자를 생각하고 있었다. 돌볼 가족이 없거나, 늙고 짝 없는 독거인들을 위한 공간을 만들었다. 복자의 박복한 삶이 낳은 위대한 산물이다. 이곳에 외롭고 힘들었던 사람들 40여명이 어울려 지내고 있다. 맨 위층에는 남성 청년들과 청소년들이, 4층에는 홀로인 할아버지들이, 그리고 3층에는 역시 홀로인 할머니들이 지낸다. 2층에는 여성 청년들과 청소년들이, 1층에는 초등 저학년과 손길이 많이 필요한 영유아들이 지낸다. 모두 가정이 없는 외로운 사람들이다. 둘이 한 방을 쓰기 원하는 사람끼리는 좀 넓은 방을 쓴다. 노인들은 65세 이상 홀로인 사람들로 대체로 건강한 사람들이다. 그들은 자신이 원하는 외부활동도 할 수 있고, 울타리 내의 여러 시설을 이용해 즐겁게 지낼 수 있다. 고혈압이나 당뇨 등의 약을 먹기는 해도 혼자 외출도 할 수 있는 상태였다. 중병이나 치매를 앓는 사람들은 전문병원이나 요양원으로 옮겨갔다. 베이비 박스에서 데려온 아기들과, 부모가 이혼해서 가정이 없는 아이들도 있다. 초등학교 입학 전에는 '울타리' 자체에서 유치원교육을 했다.

은영 부부는 아이들이 성장해서 취직 하고 첫 월급을 탈 때까지는 보호하기로 했다. 그러나 고등학교 졸업 후에는 본인이 원한다면 나가도 좋았다.

이곳에는 복지전문가인 원장과 여러 명의 사회복지사들이 활동하고 있다. 그들은 노인들과 아이들의 건강 체크와 놀이지도를 비롯해, 복지에 관한 모든 일들을 전담했다. 노인들과 젊은이들, 아이들 사이에는 친 혈족처럼 가깝게 지내는 사이도 있다. 그들은 서로 사랑하고 아끼며 행복해 했다.

은영은 여러 기관에서 여러 교육들을 받느라 바빴다. 노인복지에 대한 것들과, 그들의 희망찬 미래나 건강을 위한 것이라면 열심을 내고 찾아다녔다. 또 아이들의 복지에 대한 것들도 다양하게 배웠다. 특히는 성추행이나 성폭력 예방에 철저했다. 누구도 억울한 성관계는 없어야 한다는 철칙을 가졌다. 그녀는 울타리 내 모든 사람들에게 보다 양질의 삶을 누리게 하고 싶었다. 특히 중장년이나 노인들을 위해서는 평생학교를 만들었다. 다양한 강사를 초대해 다양한 강의를 열었다. 거주자들은 결과물 전시회도 열었고, 공동판매의 날에 작품을 팔아 용돈은 만들기도 했다.

태성은 아직 현역으로 자기사업에 바빴다. 그래도 그가 도울 수 있는 것은 정성을 다해 참여했다. 그의 수입 대부분은 울타리 운영에 아낌없이 지원했다. 큰아들 민욱은 내과 의사가 됐다. 그는 의사 커뮤니티 회원들과 함께 주말이나 휴일이면 울타리 사람들의 건강을 보살폈다. 울타리 내에는 간단한 의료실만 있었기 때문이다. 작은 아들 민준은 태성의 사업동반자와 장래 후계자로 열심을 다하고 있다.

'울타리'를 설립하고 이제 5년차로 접어들었다. 아직은 별 탈 없이 잘 진행되고 있다. 막내딸 민영은 예술상담치료사가 됐다. 음악이나 문학, 미술, 무용 등으로 거주자들의 마음치료를 담당하고 있다. 상담실에서는 각양각색인 그들의 아픈 상처를 치료하기 위해 많은 신경을 썼다. 그들 대부분은 마음이 불안하고 위축감에 싸여있었다. 외로움이나 우울감, 기타의 상처가 많았다. 민영을 비롯한 상담치료사들은 내담자들이 알게 모르게 겪었던 폭풍 같은 삶을 걷어내고, 맑은 하늘에 아름답게 그려지는 무지개를 안겨주려 애썼다. 서로의 아픔을 아우르고 어루만지는 울타리가 되게 하고 싶었다. 그들에게 매일 감사일기 쓰기를 권했다. 그것은 매일 매일 하고 싶은 말이나 떠오르는 감정을 해소시키기에 아주 좋았다. 또 긍정을 키워서 마음을 안정되게 도와주기 때문이다. 상처 난 사람들 각자의 촉각이 서로 부딪치지 않도록 하는 것이 매우 중요했다. 서로 자존심이나 자격지심을 앞세워 무시당한다는 마음을 내려놓도록 애썼다. 그래서 분쟁이나 파벌 짓는 일의 예방에 힘썼다. 서로 형제자매라는 마음과 부모자식 같은 마음의 사랑을 나누도록 이끌었다. 그러나 서로의 사생활을 존중하고 필요 이상 간섭하지 말기를 부탁했다. 또 트라우마에서 오는 상념에서 벗어나기 위해 오감을 활용한 감정을 조절하도록 유도했다. 안전하고 편안한 현실에 머무를 수 있도록 도왔다. 그런 것들은 은영과 태성에게도 좋은 효과를 주고 있었다. 어쩌면 두 사람이 알게 모르게 받을 스트레스를 해소하기에도 아주 좋았다.

노인들 중에서는 좋아하는 이성과 교제하는 것도 환영했다. 어느 커플은 울타리를 떠나 금슬 좋게 살고 있었다. 이곳에서 자라 고등학교를 졸업하고 사회복지사 공부를 해서 다시 돌아온 청년들도 있다. 그들은 적은 임금에도 언제나 활짝 웃으며 봉사 했다. 은혜를 아는 모습이 아름다웠다. 또 결혼하는 사람들이 생기면 연못이 있는 카페 옆에서 아름다운 식을 올리기도 했다.

또 여기에는 여러 가지로 일자리가 많았다. 작지만 식물이 아름답고 빵맛이 최고인 카페는 외부인들도 이용할 수 있다. 또 식당에서 나오는 쌀뜨물을 이용해 EM발효 천연제품들을 만들었다. 쌀뜨물은 하수구 악취의 주범이 되는 유해물질이다. 미생물들이 먹이로 삼고 대단한 번식을 하기 때문이다. 은영은 예전에 복자네 집에서 쌀을 씻으며 놀던 생각이 났다. 고운 손이 되라고 주무르며 히히거리던 추억이다. 그래서 대량으로 나오는 쌀뜨물로 주방세제나 목욕제, 샴푸, 세수 비누, 세탁제 등 많은 제품을 만들었다. 일부는 울타리 내에서 사용하고 다수는 상품화해서 팔기도 했다. 경제나 환경, 건강적인 면에서 바람직한 일이었다. 이런 일에 울타리 가족 내에서 능력이 되는 사람들은 일자리 우선권을 줬다. 시설 내의 모든 활동은 그들 각자의 경제와 마음치유에도 많은 도움이 됐다. 은영과 태성은 그들에게 최고의 복지 혜택을 주려고 많은 노력을 했다. 고된 폭풍 속을 걸어온 그들에게 화사한 무지개를 펼치게 해주려고 애썼다.

많은 지인들이 은영과 태성을 부러워했다. 노후 준비를 확실하게 했다고 이구동성 칭찬했다. 자기들이 더 늙기 전에 이런 공동체주거주택을 짓고 함께 살자는 제안을 해왔다. 은영과 태성도 반갑게 받아들였다. 외롭지 않게 오래 우정을 나누자며 반겼다. 나중에 이 울타리 시설을 자식들에게 맡길 계획이다. 은영 부부는 지인들의 제안에 따라 서로 어울려 살 수 있는 공동체주택을 짓기로 했다. 현재 살고 있는 그들의 집터와 주변 땅에 주택을 지을 예정이다. 취미도 나누고 정도 나누고, 서로 의지해가며 의미 있는 말년의 삶을 즐기기로 했다. 그들도 울타리의 모든 시설을 이용할 수 있도록 할 예정이다. 수영장, 파크골프장, 산 숲 둘레길, 가축 돌보기, 텃밭 등. 물론 두둑한 후원금이나 사후 재산 기부형식도 생각하고 있다. 그래서 협동조합을 결성했다. 공동으로 자금을 출자하고 설계사를 물색했다. 물론 땅은 은영과 태성이 제공하기로 했다. 무료는 아니지만 최소한의 값으로 정했다. 그의 지인들은 요즘 각자의 둥지를 디자인하느라 바빴다. 너도 나도 행복한 노동에 비명을 지르고 있다. 특히 홀로 된 독거노인들의 호응이 뜨거웠다. 말년의 외로움을 걱정하지 않아도 된다는 평온함을 가졌다. 음식도 함께 나누고, 놀이도 함께하고, 아프면 서로 살피며 돕고 사는 재미도 있었다. 게다가 사후에는 울타리 내의 수목장에 누우면 됐다.

이래저래 태성의 마음에도 평안이 찾아들었다. 몇 해 전, 이 울타리를 짓기 전에 그는 은영에게 지난날을 고백했었다. 그때 그녀는 이미 다 알고 있었지만 마치 처음 듣는 것처럼 대했다. 처음엔 깜짝 놀라는 시늉은 했다. 그러나 이해해줄 수 있다는 포용력을 보여줬다. 그래야 태성이 덜 부담스러울 것 같았다. 그녀는 관점을 달리하면 관대해질 수 있다는 신념을 가졌다. 이해와 사랑을 가지면 모든 걸 배려하게 된다. 그 효과는 그녀 스스로를 행복한 삶으로 이끌었다. 사실 태성이 처음부터 복자를 욕보일 생각은 없었다. 그것을 그녀는 최고의 위로로 삼았다. 그의 친부모님도 아들을 빼앗기고 은둔생활을 하며 많은 고통의 벌을 받았다. 그것이면 죄의 대가는 어느 정도 치렀다고 생각했다. 무엇보다도 피해자인 복자가 관점을 바꾸어 용서하고 이해한다 했으니, 그것이 더 큰 용기가 됐다. 이제 얼마나 더 산다고 아웅다웅 지난 일로 다투겠는가. 인생이란 것이 꼭 내가 이겨야만 성공은 아니다. 경제에서 학문에서 다툼에서, 삶 전체에서……. 죽음 문전에서 두려움 없이, 미적거리는 아무런 아쉬움 없이 눈 감는다면, 그것이 성공한 삶이라 은영은 생각했다. 그동안 태성이 남편으로서 더 이상 바랄 것 없는 삶을 살았기에, 은영은 지난날쯤이야 어떤 시비 거리로도 삼지 않았다. 오직 현재를 긍정으로 살 뿐이었다. 나아가 좋은 미래를 상상하며 모든 부정적인 것은 버리기로 했다. 아울러 복자에 대한 미안함을 씻기 위해 울타리를 최고의 안식처로 가꾸어나갔다. 복자를 생각하며 울타리 식구들을 보살폈다. 복자와 같이 외로운 사람, 고통에 잠긴 사람, 형편이 어려운 사람들을 돕기로 했다. 그러면 이 다음에, 혹 어떤 세상에서 복자를 만난다 할지라도 활짝 웃을 수 있을 것이었다.

*2023년

햇살 좋고 바람 좋은 5월 아침, 은영과 태성은 새로운 사람을 맞아들였다. 여고생 임산부였다. 마치, 복자가 보내기라도 한 듯 여고 1년생이다. 그녀는 2년 전에 암투병으로 고생하던 엄마를 잃었다. 엄마가 가시고 1년 후, 아버지는 숨겨두기라도 한 듯 바로 새엄마를 맞았다. 그녀는 아버지를 증오했다. 새 여자를 엄마라고 하기 싫었다. 그러니 집에서 편안하게 살만한 처지가 아니었다. 그녀는 마음도 몸도 방황했다. 따스하게 마음 붙일 곳이 없었다. 혼자 감당하며 비밀스런 생활을 하려니 성적도 형편없었다. 그러던 중 알고 지내던 학교 선배와 가까워졌다. 그의 모든 것이 다정하고 따스했다. 새엄마에게 빼앗긴 아버지의 품이 그리웠다. 그녀는 겨울방학 내내 선배의 오피스텔에서 살았다. 그러나 그 선배는 그녀가 아기를 갖자 마음이 변했다. 하지만 그녀는 아기를 낳기로 했다.

은영과 태성은 아기를 낳을 때까지 잘 보살피겠다고 약속했다. 그리고 학업을 계속하기 위해 아기는 울타리에서 키워주기로 했다. 보고 싶을 때는 언제고 다녀가기로 했다. 여고생엄마는 나중에 성인이 되면 아기를 데려가기로 했다. 아직 십대의 어린 나이지만, 엄마로서 자식을 지키려는 본능에 은영은 적이 감탄했다. 또 마음 한 편에서 박수를 보냈다. 안 그래도 우리나라 출산율이 전 세계에서 꼴찌를 달리고 있는 이 때가 아닌가. 엎친 데 덮친 격으로, 각종 사건사고로 젊은 생명들이 무더기로 희생되는 안타까운 일도 많았다. 이민자를 받아들여 인구를 늘리는 정책을 고려 중임을 생각할 때, 여고생엄마의 결심은 칭찬해주고 격려해주고 싶은 일이었다. 은영은 여고생엄마를 사랑으로 꼬옥 안아주었다. 복자를 생각했다. 비록 곰보네가 보살펴줬다고는 하지만 축하받지 못했던 복자를. 그리고 기억창고에 아기 얼굴도 남기지 못한 채 평생을 살아간 불쌍한 복자를. 그 복자를 기꺼이 아끼고 보살피는 마음으로 여고생엄마를 따뜻하게 안아주었다. 그것은 태성에게도 복자에 대한 사죄의 기회를 주는 것이라 생각했다. 나아가 생명 하나를 따스하고 평안하게 보호한다는 것이 얼마나 뿌듯하고 행복한 일인지, 은영은 벅차게 기뻤다. 사실 은영은 처음엔 여고생 임산부를 외면하고 싶었다. 과거의 일이지만, 복자가 떠올랐기 때문이다. 태성이 과거의 잘못을 회상하게 될까 두려웠다. 새삼 죄책감을 꺼내 활기를 잃을까 염려했다. 그러나 태성과 진솔한 대화를 나누었다. 과거에 대해 뻔뻔하기로. 그때의 잘못이 떠오른다면, 울타리 내 사람들에게 더 사랑을 주고 더 정성을 다하자고 다짐했다. 삶은 미래를 향하는 것이지 과거를 붙들고 갈 필요는 없었다. 어두운 과거는 희망이 없기 때문에 곧 추락하고 말기 때문이다.

은영과 태성은 길을 떠났다. 5월의 햇살은 맑았고 바람은 신선했다. 그들은 가벼운 흥분을 안고 있었다. 떠나는 이 길은 그동안 안고 살아왔던 어두운 무게를 내려놓을 수 있었기 때문이다. 뒤에 있는 음식 바구니와 꽃다발도 흥겨운 모습을 보였다. 길은 이리저리 구불거리며 그들을 몰고 갔다. 보리밭 푸른 물결이 마음을 어루만졌다. 아카시 꽃이나 이팝나무 꽃들이 눈부시게 폭발하고 있었다.

산속 그녀를 만나러 가는 길, 예고도 없이 나타난 두 사람을 보고 그녀는 무엇으로 자신을 표현할 것인가. 일말의 자존심으로 외면할 것인가, 아니면 기다렸다는 듯 반갑게 맞이할 것인가. 그러나 복자도 사랑하는 사람과 함께 잠들어 있으니, 동진에 대한 원망이나 미련은 버렸다고 생각했다. 어차피 이제는 태성이란 인물로 바뀌었으니까. 새로운 삶을 살고 있는 다른 사람이니까. 어쩌면 복자가 깊은 찬사를 보낼 것이라 생각했다. 자신처럼 외롭고, 고난과 고통에 잠긴 사람들을 외면하지 않은 것에 대해. 많은 사랑을 베풀며 울타리 거주자들을 보살피는 두 사람을 응원할 것이라 생각했다.

그런 복자의 마음을 생각하며, 태성은 일말의 양심으로, 진실된 사죄를 읊조리며 은영을 따라 기도원으로 향하고 있었다.